Stefano Chinaglia

BACHMANN

&My BOOK

"Bachmann"

Copyright © 2019 **Stefano Chinaglia**

Opera pubblicata e distribuita da: **& MyBook**
Un marchio di Caravaggio Editore
Vasto (CH) – Italy
www.andmybook.it
info@andmybook.it

Collana Editoriale *Narrativa*
Prima Edizione Novembre 2019

ISBN 978-88-6560-188-4

I

Dopo lunghe settimane di concerti, il noto gruppo dei *Let it sunshine out* aveva cominciato la sua grandiosa esibizione finale. Per l'occasione, in più di ventimila si erano radunati presso il Madison Square Garden di Nuova York, desiderosi di assistervi: critica e pubblico, per una volta unanimi, non avevano certo esagerato nel salutare i *Let it sunshine out* come la nuova promessa del rock elettronico.

L'atmosfera, in attesa che i protagonisti della serata raggiungessero il palco, era elettrica. Il pubblico, dall'età media di quindici anni e mezzo, stentava a trattenersi dal manifestare il proprio entusiasmo, trasformando l'iniziale tramestio discreto in un crescendo del volume, fino al parossismo di un fortissimo finale. Inutile aggiungere che, quando finalmente arrivò il momento in cui i cinque membri del quintetto raggiunsero il palco, la folla andò in visibilio e il boato della sua approvazione fece tremare pericolosamente tutti i vetri del circondario.

Senza attendere che l'atmosfera surriscaldata si raffreddasse, da perfetti uomini di spettacolo quali erano, i cinque cominciarono subito a suonare. Il ritmo del brano era vivace e frizzante, capace di catturare l'interesse anche dei giudici più severi: c'era del resto un motivo, se i *Let it sunshine out* erano riusciti a scalare le classifiche, scavalcando ogni successo di musica pop, rock, elettronica e via dicendo.

Dopo un'introduzione dominata dalla chitarra ritmica, efficacemente accompagnata da basso e batteria, il cantante (o, per essere più onesti, il gridante), cominciò a declamare la prima strofa: ovviamente, e non poteva essere altrimenti, si trattava di una dichiarazione d'amore per la bella di turno, anche se non era mancato chi l'aveva definita una captatio benevolentiae nei confronti dei fan.

Ad ascoltare attentamente l'esecuzione, qualcuno avrebbe forse notato che, di tratto in tratto, il cantante perdeva una frazione di tempo, oppure che la voce risultava goffa e incerta sulle note più alte e che certamente la versione in studio era preferibile. Ma ben pochi tra il pubblico erano disposti a prestare orecchio alle critiche, preferendo invece lasciarsi trascinare dalla musica; e, quand'anche lo fossero stati, in meno ancora avrebbero posseduto le necessarie capacità critiche d'analisi.

Dopo che anche la seconda strofa fu passata, senza alcuna innovazione rispetto alla prima, giunse finalmente il ritornello. Chi aveva scritto quella canzone, comparisse o meno tra gli autori, doveva essere una vecchia volpe del mercato: perché il ritornello, oltre a introdurre un potente comparto di sintetizzatori, alzava tutto di un tono, trascinando inevitabilmente l'applauso. E il pubblico non deluse le aspettative, unendosi anzi in coro alla voce ormai tirata del solista.

In cabina di regia, il comparto tecnico e i pochi privilegiati chiamati ad assistere da lì al concerto non nascondevano certo la propria soddisfazione. Per i tecnici audio, tutto era filato liscio come l'olio; sia durante le prove; sia durante il controllo del suono; sia, soprattutto, ora. Per il regista televisivo e per i suoi operatori, le riprese stavano andando esattamente come da programma ed era chiaro che chiunque, seguendo il concerto da casa, avrebbe potuto goderne come fosse stato esattamente sotto il palco; e questo avrebbe significato elogi e gratifiche per tutti. Per i produttori, i produttori esecutivi, la direzione e il manager dei cinque, infine, ventimila spettatori e diritti televisivi significavano un guadagno almeno di sei zeri.

Nello specifico, nello stesso istante in cui cantante e pubblico attaccavano con il ritornello, il manager del gruppo stava già pensando al prossimo tour. D'accordo, quel concerto era un'ultima tappa, ma i risultati della spedizione erano tali da suggerire al più presto una replica: Europa, Asia, di nuovo l'America… ogni evento aveva senz'altro un importante costo organizzativo, ma al tempo stesso prometteva un ampio ritorno economico: con la sua sola fetta, avrebbe potuto finalmente mettere le mani su quella Porsche cui faceva la posta da mesi. Una replica gli avrebbe permesso di impadronirsi anche di quello chalet in Svizzera che già da tempo aveva spiritualmente eletto a proprio buen retiro.

«Suonano bene, eh?» chiese d'un tratto, sottovoce per non disturbare i tecnici, al direttore del Madison accanto a lui.

«Per quanto mi riguarda, sono orribili.» replicò con calma il direttore, altrettanto sottovoce «Ma al pubblico piacciono e tanto basta.»

Al pubblico piacciono… che risposta meschina! Certo che piacevano al pubblico e piacevano perché erano i migliori. Piacevano perché i loro testi avevano commosso milioni di ragazze su tutto il pianeta e la loro musica aveva catturato altrettanti milioni di ragazzi. E se erano in tanti a considerarli assolutamente fantastici, ripeté tra sé stesso, come poteva qualcuno ritenerli orribili?

Scacciò da sé il pensiero, facendo correre la mano verso la tasca interna della giacca. Si trattenne solo quando ricordò quel cartello giallo su cui una scritta nera intimava severamente di non fumare nei locali tecnici: abbandonò allora anche il pensiero di accendersi un sigaro di trionfo e allontanò la mano. Avrebbe recuperato alla fine del concerto, quando nessun divieto avrebbe posto limiti alla sua legittima brama di desiderio.

«Passa sulla uno.» sussurrò nel frattempo il regista televisivo nel proprio microfono, studiando gli schermi di fronte a sé «Tre, fai una panoramica di tutto il palco quando te lo dico. Cinque, si può sapere che diavolo fai?»

Per quanto sussurrata in un soffio in un microfono, quella frase giunse anche alle orecchie del manager. Nel volgere di un fiat, questi passò dall'euforia e dell'entusiasmo alla preoccupazione più sentita: c'era forse un intoppo? E, se sì, poteva pregiudicare la messa in onda del concerto?

«Che succede?» chiese, avvicinandosi di scatto al regista «C'è qualche problema? Io…»

«Si calmi.» l'interruppe questi, irritato «Allora, cinque? Si può sapere… sì, capisco… beh, vedi di farlo sparire, chiaro?»

Il manager non aveva potuto udire la conversazione, ma certamente c'era qualche problema. Qualunque intoppo doveva essere risolto tuttavia immediatamente, perché il pericolo era che poi gli spettatori protestassero, con conseguente danno economico e d'immagine, onde per cui…

«Non è successo niente.» si limitò a spiegare il regista, comprendendo che solo con uno zuccherino si sarebbe tolto di torno il manager fin troppo ansioso «Abbiamo solo qualche problema tecnico, un po' di noie su una delle telecamere. Stia tranquillo.»

Un po' rabbonito, il manager tornò a concentrare la propria attenzione sulla folla sotto di lui, nell'immensa platea: ormai la canzone era quasi al termine e il cantante stava intonando l'ultima strofa, preludio agli ultimi due ritornelli e alla coda finale. La reazione del pubblico era pienamente positiva e tanto bastò a restituirgli baldanza e ottimismo: se il pubblico reagiva in quel modo già al primo brano, allora di certo…

Non terminò il pensiero. Nello stesso istante in cui la sua mente formulava coscientemente la parola "certo", ebbene, in quell'istante un rombo come di tuono attrasse a sé l'attenzione di tutti. Per un momento la cabina di regia sembrò la sala radio di un incrociatore colpito da un U-Boot: voci si sovrapposero alle voci, ciascuno latrando ordini e chiedendo cosa stesse succedendo. Il regista urlò nel microfono parole incomprensibili, rivolgendosi ora alla telecamera uno, ora alla telecamera quattro; i fonici e i tecnici delle luci armeggiavano come ragni impazziti sulle rispettive consolle, cercando di decifrare i responsi degli equalizzatori e degli oscilloscopi; il direttore e il manager volsero invece lo sguardo in avanti, incredulo e sbarrato di fronte allo spettacolo.

Giù in platea, dove ventimila persone si erano radunate per il concerto, le reazioni non furono dissimili: un suono imponente aveva sovrastato ogni voce e ogni strumento, come se tutti gli impianti di amplificazione avessero cospirato insieme per nuove idi di marzo. Dalle casse ben mimetizzate un po' ovunque, lungo le pareti di quel moderno Colosseo, non si udivano più le note dei *Let it sunshine out*, bensì quelle solenni e vorticose di una fuga per organo. Ma questo non era che il meno.

Via via che cresceva la furia della fuga, le luci saltavano, gli altoparlanti andavano fuori controllo e persino le grandi strutture per proteggere gli spettatori dal sole e dalla pioggia cominciarono a collassare, gemendo nella sofferenza del metallo. Quando poi la musica raggiunse un acuto ostinato, cadde rovinosamente sul palco centrale un intero comparto di riflettori: e quello segnò il tracimare del panico.

Ventimila persone riunite insieme in uno spazio tutto sommato piuttosto ristretto potrebbero rivelarsi una sciagura, non appena il germe del terrore si impadronisse anche solo di alcune di loro. Come in un domino infernale, ecco allora che tutti si danno alla fuga, senza badare più a nulla che non sia mettersi in salvo. Le cose degenerarono rapidamente e in pochi minuti, mentre l'organo martellava le ultime note, lunghe e stridenti, di un canto disperato, ventimila anime accecate erano in fuga verso le uscite di sicurezza, alcune ormai impraticabili, incuranti di ogni altro pensiero.

Dalla regia non avevano potuto che assistere impotenti all'orrendo spettacolo: la sola possibile azione era stata chiamare i numeri d'emergenza, invocando l'aiuto della polizia, delle ambulanze, persino dei pompieri e dell'esercito. Qualcuno era stato solleticato, come il pubblico, dal pensiero della fuga, ma la presenza di molte meno teste pensanti rispetto alla platea aveva impedito al pensiero di trasformarsi in azione istintiva e, quest'ultima, di venir poi imitata. Anche così, tuttavia, sarebbe menzogna negare che tutti avessero i nervi a fior di pelle.

A risolvere il caos fu l'improvviso venir meno dell'organo. Così come era esploso d'un tratto, sovrastando ogni strumento e portando con sé la distruzione, d'un tratto il suo canto si spense, gettando sul Madison Square Garden un silenzio di tomba. Le urla di ventimila bocche tacquero con esso e il panico, improvviso com'era sorto, svanì nel nulla. Alcuni erano già riusciti a darsi alla fuga, ma i più, ancora prigionieri nell'enorme platea, si ritrovarono placate anima e mente, indicandosi a vicenda ora gli altoparlanti muti, ora il metallo sofferente e quieto, non più preda ormai di alcuno spasmo. Quella situazione irreale, durante la quale ben pochi riuscirono a proferir parola, durò per quasi un minuto, prima che un elemento nuovo, nuovamente, la modificasse.

Su tutti gli schermi ancora in funzione, nell'arena come altrove, si dipinse di netto un'immagine inquietante: un B gotica nera e bordata di bianco che si stagliava orgogliosa su uno sfondo sanguigno. Contemporaneamente, dagli altoparlanti che fino a pochi istanti prima avevano trasmesso il continuo sali e scendi di un contrappunto barocco, una voce cominciò a parlare.

«Uomini stolti, di che avete paura? Quello che avete visto è nulla, in confronto a ciò che io posso fare; e se tremate e gridate per questo, che mai farete, quando scatenerò la mia ira?»

La voce era calma e sprezzante, solo vagamente deformata dagli altoparlanti. Mentre parlava, la grande B bianca e nera sembrava pulsare sul suo sfondo di sangue come al ritmo di un cuore nascosto, come se fosse essa stessa la sorgente minacciosa di quelle parole.

«Ma che sta succedendo?» chiese sottovoce il manager, l'orecchio ancora incollato al telefono, ma gli occhi fissi su un monitor davanti a lui.

«Non… non lo so.» rispose il direttore, almeno altrettanto attonito «Io… io non capisco. Che succede?»

Ma anche i tecnici non riuscivano a comprendere: le loro apparecchiature erano interamente fuori controllo, incapaci di sottomettere schermi e altoparlanti al proprio volere. Non potevano far nulla per impedire che quella trasmissione proseguisse.

La trasmissione, intanto proseguiva. Dopo il primo annuncio, la voce si era interrotta per un momento, onde tutti rivolgessero a lei ogni attenzione. Quando però fu passato un lasso di tempo conveniente, sempre sullo stesso tono calmo e sprezzante, la voce ricominciò a parlare.

«Vergogna, piuttosto, non paura, dovreste provare!» gridò «Vergogna perché, degradando voi stessi, avete degradato la più nobile arte dell'uomo! Poco importa se decidete voi di rotolarvi nei porcili; ma io vi dico guai, guai, guai! A chi oserà levare la sua mano contro la dea della musica!»

E sembrava quasi di vederla, la dea della musica, affranta e in catene, mentre la voce dagli altoparlanti assumeva gli accenti sempre più apocalittici e profetici di un Isaia telematico. Sembrava quasi di vedere anche lui, vestito d'una lunga tunica o d'un saio, la barba che scendeva fluente e il dito levato in alto e minaccioso. Ancora non aveva palesato il motivo della sua invettiva, ma quel momento ormai si stava avvicinando.

«Vergogna!» gridò di nuovo la voce, sottraendosi per un istante al proprio autocontrollo «Come osate trattare così la musica! La bellezza dell'armonia, la delicatezza del contrappunto, la solennità dell'orchestrazione: e voi l'avete ridotta a chitarre e tamburi! Avete insozzato gli altari di Vivaldi e di Beethoven per innalzarvi gli idoli pagani del rock, del pop, del punk... ma io vi dico: basta!»

Si interruppe ancora, onde lasciare che quel crescendo di sdegno fosse assimilato da tutto il suo uditorio; il quale uditorio, immobile e impietrito, altro non sembrava potere che stare lì ad ascoltarlo.

«Avete avuto un saggio della mia potenza. Avete visto come io possa, con il mio solo desiderio, colpire chiunque e in quale modo. Sappiate che scatenerò tutta la mia ira e tutte le mie forze, nel momento in cui ciò sarà necessario. E sarà necessario, se le mie condizioni non saranno soddisfatte per intero.»

Nuova pausa. Questa volta, però, non fu che un istante, perché subito la voce riprese:

«Per prima cosa, ed è la più importante, la musica rock d'ogni denominazione dovrà essere bandita per sempre dalla faccia della terra. Gli strumenti bruciati, i musicisti cacciati, i trasgressori giustiziati. Nessun disco o registrazione o altro dovrà restare intatto. Guai a colui che oserà opporsi! D'ora innanzi, nei teatri, nei concerti, alla radio, nei negozi, ovunque, dovranno risuonare solo le armonie eterne della musica classica, la più pura e la più vera. In secondo luogo, onde io possa essere certo che tutto ciò sia eseguito e che duri nel tempo, dovrà essermi garantito il possesso totale e assoluto di Artide, Antartide e Isola di Pasqua, con relativo e ricco appannaggio. Solo così, infatti, potrò essere certo che sarò obbedito. In quanto a voi, disobbedite e conoscerete la mia ira!»

L'orrore era ormai tale che persino quella minaccia non sortì effetto. Qualcuno, qua e là, cercò di mormorare qualcosa ai suoi vicini, ma tutto ciò che ottenne in risposta, nella più parte dei casi, fu solamente un silenzio ostinato.

«Avete tre giorni per eseguire. Scoccata la mezzanotte del terzo e ultimo giorno, vi pentirete di non essere stati ligi a obbedire. Sappiate che questa è la parola di Bachmann e Bachmann mantiene sempre la sua parola.»

Con quell'ultima minaccia la voce si interruppe, la grande B gotica scomparve e tutti gli schermi e le luci si spensero. La vasta platea del Madison Square Garden di

Nuova York piombò d'un tratto nel buio e solo una colonna di sole, da sopra il grande velario, testimoniava a tutti che il mondo non era ancora finito.

Per lunghi minuti nessuno osò fiatare, né muoversi, quasi nemmeno respirare. Il tempo stesso sembrò non osare di scorrere, finché un nuovo rumore chiuse il sipario sull'orrore e sullo choc e riportò lentamente ognuno alla realtà.

Fuori, lontane, stridevano le sirene della polizia.

II

Nella grande sala riservata, l'impazienza fremeva. La notizia degli eventi di Nuova York era arrivata ormai anche a Washington DC e negli ambienti del governo e della difesa erano scattati tutti gli allarmi. Il Congresso si era riunito in seduta straordinaria, discutendo il da farsi, mentre il presidente si era rinchiuso nello studio ovale con metà del gabinetto e dello stato maggiore. Anche al piano immediatamente inferiore, dove alti graduati avrebbero dovuto poi porre in essere le decisioni prese al vertice, il lavoro fremeva: si era presa visione dei filmati, si erano sentite le registrazioni delle prime testimonianze, si erano raccolti i rapporti. Il concerto dei *Let it sunshine out*, che dopo gli eventi del Madison si erano rinchiusi traumatizzati in albergo, era stato trasmesso in diretta in tutta la nazione e anche in Canada e in internet. Milioni di persone avevano visto e udito la dimostrazione di quel tale Bachmann e un po' dovunque, dalla Nuova Inghilterra alla California, dalla Florida all'Alaska, arrivavano rapporti di tafferugli e di disordini.

Il gruppo si era costituito senza bisogno che alcuno lo convocasse, seguendo le procedure stabilite da tempo nei casi d'emergenza. Ogni decisione era chiaramente demandata ai piani superiori, ma, affinché questi disponessero di tutte le informazioni tecniche e fossero ben informati sulle condizioni, era prima di tutto necessario che qualcuno si occupasse di fare luce nelle tenebre. Anche se, a dire il vero, le luci gettate finora erano esse stesse piuttosto tenebrose.

A dispetto dell'aria condizionata in puro stile americano, nella stanza molti sudavano: reazione del tutto naturale, di fronte al continuo giungere di rapporti, conferme e smentite; di ordini e contrordini; del caos, insomma, che regnava sovrano. Di certo sarebbe trascorso molto tempo, prima che quelle acque agitate come il mare di Bering si placassero, ma un evento inaspettato contribuì d'un tratto ad accorciare notevolmente l'attesa.

Alti ufficiali e dirigenti, che avevano cercato di riportare un po' d'ordine in quell'ambaradan di ipotesi e di testimonianze, di e-mail e di telefonate, si interruppero d'un tratto, quando le porte di fondo della sala si aprirono. Scortata da alcuni soldati, fece il suo ingresso una delegazione dai volti seriosi atteggiati più al cordoglio che alle necessità dell'azione. A guidarla era un uomo sulla sessantina o poco più, dai baffi ben curati e dall'uniforme impeccabile, e dietro di lui veniva un piccolo corteo di ufficiali, dirigenti ed esperti; questi ultimi facilmente riconoscibili dagli sguardi spiritati e dall'aria compunta, ma tutt'altro che addentrati alle segrete cose dell'esercito.

Qualcuno, forse con aria di sorpresa, nel silenzio generale mormorò: «È il generale Cheddar». Il tono reverenziale, quasi religioso, con cui quel nome era pronunciato indicava un diffuso rispetto per un veterano i cui nastrini sopra il taschino sinistro indicavano chiaramente il gran numero di missioni svolte e di decorazioni ricevute, prova di un pluridecennale impegno al servizio del paese e di un'estesa collezione di successi più o meno importanti. Se proprio lui era stato interpellato e chiamato a gestire la crisi, e perlomeno così sembrava, la situazione doveva essere davvero molto seria.

All'ingresso della delegazione, e del generale soprattutto, quanti erano seduti scattarono in piedi, quanti erano al telefono lasciarono d'improvviso cornette e cellulari e quanti stavano consultando dati, sullo schermo di qualche computer, lasciarono perdere ogni rapporto per prestare la giusta attenzione al nuovo arrivato. Non ebbero il tempo di formare le righe, del resto inadeguate a un ambiente così ristretto, ma, se fosse stato possibile, certamente qualcuno avrebbe intonato degli squilli di tromba.

«State comodi.» cominciò il generale, avvicinandosi al grande tavolo al centro della sala; il tono della sua voce era calmo, ma il volto non tentava neppure di nascondere un'intima preoccupazione «Vi informo che il presidente ha incaricato me di guidare il gruppo di coordinamento per affrontare la minaccia. Da questo momento, tutte le operazioni assumono il nome in codice di Toccata & Fuga. Si sono registrate novità?»

A quella domanda, un altro graduato dai capelli ingrigiti, le cui mostrine indicavano il rango di colonnello si alzò di nuovo in piedi. La targhetta sull'uniforme indicava in effetti la dicitura "Col. Lesswire". Una volta alzatosi, tossicchiò appena per schiarirsi la voce e quindi, in tono formale e con fare metodico, quasi meccanico, cominciò ad esporre i fatti.

«Nulla più di quanto già sappiamo, signore.» disse «Stiamo ricevendo rapporti da tutta la nazione riguardo a presunte iniziative del sedicente Bachmann, ma nessuno di questi ha avuto conferma. Riteniamo tuttavia che il criminale non fosse fisicamente nelle vicinanze del Madison al momento dell'attacco e che possegga una qualche base operativa segreta da cui dirige i suoi attacchi. Non ne siamo sicuri, ma riteniamo che possa essere fuori Nuova York. Stiamo esaminando i rilevamenti dei satelliti e delle ricognizioni aeree, ma per ora non siamo riusciti a individuarla. Stiamo anche monitorando le comunicazioni al massimo della nostra capacità operativa, ma finora non abbiamo ottenuto risultati concreti.»

«Capisco.» riprese il generale Cheddar, aggrottando la fronte nel pronunciare quella frase di circostanza «E tuttavia è imperativo che la minaccia sia disinnescata al più presto: non serve certo illustrarvi le terribili conseguenze che l'inazione inevitabilmente comporterebbe. Ho assicurato al presidente che sarà fatto, e sarà fatto.»

Il generale guardò i presenti uno per uno, dopo quell'annuncio deciso. Forse si aspettava delle domande, forse persino delle obiezioni (in un film, sarebbe stato il momento adatto per pronunciare qualche frase storica), ma nessuno osò aprir bocca. Forse l'impressione che aveva esercitato su tutti era simile a quella di un Cesare tra i senatori, oppure, più semplicemente, nessuno aveva osservazioni o domande da porre.

«Molto bene.» osservò infine Cheddar, constatando con soddisfazione che nessuno obiettava «Professor Creekman, vuole prendere la parola?»

A quell'invito, un uomo del seguito si fece avanti verso il tavolo. Vestiva in abiti civili e, a dispetto del completo elegante, i capelli in disordine e lo sguardo perso su chissà quale lavagna immaginaria lo identificavano chiaramente come lo scienziato distratto dei giornali a fumetti. Se avesse avuto i baffi e i capelli più grigi, un maglioncino sgualcito e avesse parlato con un vago accento tedesco, non avrebbe sfigurato nella parte di Einstein.

«Ho chiesto al professore di unirsi al nostro gruppo in virtù delle sue competenze.» riprese il generale «In quanto direttore scientifico del nostro settore ricerca e sviluppo, mi è parso la persona più indicata per fornire a tutti noi un'adeguata illuminazione sui dettagli più strettamente tecnici della situazione. Prego, professore.»

Il professor Creekman incrociò le braccia, fissandosi per un momento le punte delle scarpe, come per raccogliere le idee. Alcuni cominciarono a provare un primo moto d'imbarazzo, di fronte a quel silenzio che si prolungava, ma questo si ritirò celermente, non appena lo scienziato cominciò a parlare.

«Dunque,» esordì «il problema principale è l'arma usata da codesto sedicente Bachmann. Qualora riuscissimo a scoprirne il principio, avremmo anche una possibilità di contrastarla. Ora, i dati in nostro possesso sono ancora insufficienti, ma, da quanto abbiamo potuto osservare, è basata su una qualche forma di risonanza sonora, capace di produrre una conseguente azione d'urto nei volumi attraversati. Possiamo averne una prova osservando le immagini del metallo distorto delle travature al Madison, come si vede su uno di quegli schermi là dietro, e … »

«Un momento, professore.» l'interruppe uno dei presenti, con aria interrogativa «Ha detto risonanza?»

«Certo, certo, risonanza.» sbottò Creekman, come se la cosa dovesse essere ovvia e lampante «Non mi dica che non ha mai fatto tintinnare una forchetta o un coltello o un cucchiaio su un bicchiere, a tavola.»

«Veramente, io … »

«Ma devo proprio spiegare tutto? Il fenomeno di risonanza … »

«Apprezzo il suo impegno, professore, ma è preferibile omettere i dettagli, a meno che non abbiano rilevanza per il nostro scopo.» intervenne precipitosamente Cheddar, prima che la situazione precipitasse e la riunione divenisse una lezione «Atteniamoci piuttosto alle informazioni essenziali.»

«Certo, certo.» bofonchiò il professore, tossendo per mascherare l'interruzione «Dunque, dicevo, Bachmann deve adoperare qualche sorta di risuonatore. Non entrerò in particolari, ma effettivamente anche noi della divisione scientifica stiamo elaborando un marchingegno analogo, sebbene non siamo ancora in grado di renderlo operativo. Sembra che ci abbia battuti sul tempo.»

«Professore, basandosi sull'esperienza del suo reparto, sa dirci se possiamo rilevare il risuonatore in qualche modo?» chiese Lesswire, poco interessato in realtà nel sapere se Bachmann o chi per lui fosse stato più rapido dei tecnici dell'esercito.

«Ma è ovvio, che crede?» replicò Creekman, con un fremito d'indignazione «Un po' di pazienza, colonnello, ci stavo arrivando! Allora, per riuscire a produrre effetti comparabili con quelli che abbiamo visto al Madison, occorrono molta energia e, soprattutto, una camera di risonanza acustica di grandi dimensioni. Non sono ovviamente in grado di definirle esattamente, poiché occorrerebbe prima conoscere la potenza massima dall'apparato che però mi è ignota, ma dovrebbe essere nell'ordine di... vediamo un po'... questo per quello e quell'altro al quadrato... diciamo un migliaio di metri cubi.»

Una cifra sicuramente sbalorditiva, per quanto tutt'altro che impossibile. Sembrava altresì impossibile che qualcuno fosse riuscito a produrre un apparecchio così imponente, senza destare alcun sospetto nei servizi di sicurezza, nell'esercito e in nessun altro, nemmeno nelle vecchie vicine di casa pettegole. Accantonando le vicine di casa, poiché Bachmann poteva aver agito isolato nei boschi come un eremita, tutte le altre opzioni restavano incredibili. Eppure, a dispetto di tutto, era andata proprio così e bisognava semplicemente, pur mesti e vergognosi, prenderne atto.

«Un migliaio...» ripeté infine uno dei presenti, rompendo l'incantesimo; poi, con aria dubbiosa, aggiunse «Quanto, in piedi?»

«In piedi! Che il diavolo si porti...» cominciò ad imprecare Creekman, trattenendosi prima di prorompere in proposizioni spiacevoli «In piedi, sì. Diciamo che avrebbe le dimensioni di un villino.»

«Un villino?»

«Un villino, un villino. Faccia il conto, se non ci crede.»

«Non facile da occultare, insomma.» osservò Lesswire, annuendo con soddisfazione; più che altro, però, il suo intervento mirava a disinnescare ogni eventuale scontro all'interno del gruppo.

«Questo nell'ipotesi che la macchina di Bachmann si basi sugli stessi principi delle nostre.» precisò Creekman «E che abbia anche la stessa efficienza e gli stessi rapporti generativi… ma qui andrei troppo sul tecnico. Insomma, ciò che conta è che non possiamo avere, in questo, alcuna certezza.»

«Naturalmente, professore, ma è pur sempre un'indicazione.» replicò il colonnello; poi, rivolgendosi in tono più formale a Cheddar «Generale, chiedo il permesso di intensificare le ricerche aeree e satellitari: con simili dimensioni, il campo si restringe. Chiedo inoltre di condurre indagini speciali sulle imprese edili e immobiliari: di sicuro qualcuno deve saperne qualcosa.»

«Sì, sarà bene provvedere.» convenne il graduato «Signori, io…»

«Io concentrerei le ricerche nella regione della Nuova Inghilterra.» l'interruppe invece il professore «Per operare, Bachmann ha certamente dovuto inserirsi nella rete telematica ed è probabile che abbia stabilito un collegamento diretto con la rete del Madison. Non escludo tuttavia che possa operare anche a distanza.»

«Seguiremo il suo consiglio, professore.» assicurò il generale Cheddar, annuendo «Disponiamo di altri elementi sulla situazione?»

«Tutti i rapporti sono al vaglio, signore.» rispose Lesswire «Nessuna ulteriore informazione, finora, è stata confermata.»

«Molto bene. Maggiore Washer, qual è lo stato delle forze di pronto intervento?»

«Ho mobilitato tutte le squadre d'élite, signore.» rispose l'ufficiale interpellato, scattando in piedi «Per quanto riguarda i reparti dell'esercito, ho parlato con i comandanti delle unità e sono tutti in condizione gialla. A un ordine del presidente, saranno pronti a intervenire.»

«Molto bene.» ripeté ancora il generale «Speriamo non sia necessario, ma è bene che tutti i reparti siano pronti all'azione. Compresi, se necessario, i bombardieri tattici nucleari. Ricordate che la situazione è potenzialmente critica e dobbiamo fare di tutto per impedire che degeneri. Bachmann ha dimostrato di possedere un'eccellente capacità d'azione e solo la sua volontà di un compiere atto dimostrativo, invece che offensivo, ha impedito che al Madison fosse una strage.»

Già, inutile ricordarlo: ventimila persone dall'età media di quindici anni e mezzo, colte di sorpresa nel bel mezzo di un concerto rock, tutte insieme in uno spazio ristretto, potevano facilmente trasformarsi in altrettanti nomi sulle lapidi di un cimitero. Bachmann aveva rinunciato a mettere a segno un colpo terribile, ma non potevano permettersi di ricambiare il favore.

«Il presidente terrà un discorso alla nazione, a breve.» riprese il generale, con lo stesso piglio duro e deciso «Dirà a tutti che dobbiamo rimanere saldi e che al momento non corriamo pericoli. Inviterà gli Americani a mantenere la calma, assicurerà che la minaccia sarà debellata e via dicendo. Insomma, le solite cose. A noi, a voi, il compito di porle in essere.»

Finito il proprio discorso, che per la verità, pur nell'ambito strettamente militare, conteneva molte di quelle solite cose che aveva attribuito al presidente, avrebbe anche potuto imboccare la via dell'uscita e, appunto, uscire. Sicuramente fuori dalla sala, nei locali riservati alla stampa, giornalisti di tutto il paese e dall'estero erano ansiosi di una qualche dichiarazione. Decise tuttavia di posporre ancora per qualche momento il martirio a favore di telecamere, volgendosi una volta di più all'assemblea con la più originale delle domande:

«Ci sono domande?»

E come potevano essercene? Gli obiettivi erano chiari, i mezzi per realizzarli molto meno. Finché la situazione non si fosse rasserenata un poco, la sola domanda che qualcuno avrebbe potuto porre sarebbe stata: «Ma come facciamo a fare ciò che ci chiede?». Sarebbe stato però quanto mai inopportuno porla davvero e così nessuno osò fiatare. Il generale interpretò il silenzio come assenza di dubbi o di chiarimenti o di precisazioni e procedette, a quel punto, a immolarsi sugli altari della stampa.

Non appena fu uscito, seguito dal professore e da una parte del seguito, per qualche istante la sala restò ancora avvolta nel silenzio, residuo di un'aura che le ultime parole del graduato avevano contribuito a creare. Il pericolo, del resto, era concreto: tutti avevano a casa qualche disco dei Beatles o di Johnny Cash, persino i più conservatori e classicisti. Prendendo alla lettera le minaccia di Bachmann, quei dischi erano in pericolo; oltre alle loro persone fisiche, ma questo era un dettaglio poco meno che ovvio.

«Su, mettiamoci al lavoro.» infine esortò tutti il colonnello Lesswire, decidendo che quel silenzio era durato fin troppo «Abbiamo ancora venti rapporti da controllare, prima di passare alle testimonianze. Washer, chiami la base di Springfield: devono mettere in volo altri aerei, voglio una copertura totale su griglia. Toccata & Fuga, signori, entra nel vivo.»

Sarebbe passato a dare nuovi ordini, se d'improvviso, perdendo così un'ottima occasione per chiudere il capitolo, un assistente del professor Creekman non l'avesse trattenuto. Non fece in tempo a porre alcuna obiezione, che subito lo scienziato spiegò il motivo del suo comportamento.

«Vede, il professore è un po' distratto e non ne ha parlato, ma, se Bachmann ha un apparecchio simile al nostro, allora deve produrre parecchio calore.» disse «Informate i ricognitori di controllare anomalie nell'infrarosso, avremo un controllo incrociato.»

«Molto bene. Ed ora…»

«Inoltre, fateci avere tutti i dati che dovreste eventualmente raccogliere.» proseguì lo scienziato, senza lasciar ancora andare il colonnello «Il professore sarà anche un po' distratto, ma sa il fatto suo. E ogni informazione può essere preziosa per produrre una difesa contro il nostro nemico.»

«È naturale.» assicurò Lesswire «E adesso, se permette, abbiamo tutti da fare.»

«Ma certo. Buon lavoro, colonnello: ne abbiamo bisogno.»

III

I satelliti non potevano essere aumentati di numero, in un tempo così breve, ma gli aeroplani sì. Tempo un'ora dalla riunione di Cheddar con il gruppo di coordinamento che subito un primo scaglione di quaranta nuove unità si era alzato in volo un po' in tutto il paese, per quanto concentrandosi soprattutto sul nord-est. Seguendo i suggerimenti della direzione tecnica, oltre alle tradizionali riprese fotografiche, gli strumenti si erano concentrati sull'infrarosso, alla ricerca di sorgenti di calore anomale. L'impresa, come si può immaginare, era tutt'altro che facile, dovendo scartare ogni sorta di sorgente ordinaria, ma anche così si aumentavano le probabilità di identificare la base operativa del criminale e di agire tempestivamente per impedire che mettesse in atto il suo piano: mancavano ormai due giorni appena allo scadere dell'ultimatum.

Al comando del suo apparecchio, come tanti altri colleghi come lui da Nuova York a San Francisco, il capitano Scott del quattordicesimo stormo stava sorvolando per l'ennesima volta le lande sperdute del Nebraska occidentale, alla ricerca di … in fondo, nemmeno sapeva cosa. Dalla base gli avevano solo detto di portarsi su certe coordinate, scattare fotografie e registrare ogni valore anomalo, con particolare riferimento all'infrarosso. Ma d'altra parte, non era che una piccola ruota in un ingranaggio molto più ampio e complesso.

Non aveva alcun dubbio che gli ordini fossero in riferimento a quanto accaduto recentemente a Nuova York: il concerto di un gruppo famoso tra i ragazzini, del quale in verità non mai sentito neppure il nome, era stato brutalmente interrotto da quello che aveva tutta l'aria di un attacco nemico. Chi fosse il nemico e come avesse operato erano cose che probabilmente nessuno aveva ancora compreso, ma una cosa era certa: sapeva colpire e colpiva duramente.

Tutto l'esercito era automaticamente entrato in allerta, nel momento in cui la notizia si era diffusa. Anche lui e i suoi colleghi avevano scaldato i motori, finché non era giunto l'ordine: levatevi in volo e fate questo, questo e quest'altro. Nessuno si era premurato di spiegarne il perché, è chiaro, ma questo non era importante. L'importante era che obbedire e, soprattutto, raggiungere lo scopo.

Controllò nuovamente gli strumenti, senza tuttavia che questi dessero segni di vita: tutto era esattamente come doveva essere e le lancette sui quadranti oscillavano pigramente intorno al fondoscala. Secondo il programma, avrebbe dovuto compiere un altro paio di passaggi sulla zona, prima di piegare verso est e passare al nuovo quadrante. Gli avrebbero dato il cambio entro tre ore, se non fosse giunto prima l'ordine di rientrare alla base.

Con un gesto meccanico aggiustò l'assetto dell'aeroplano, preparandosi alla virata per il nuovo passaggio. In quel mentre, tuttavia, uno degli indicatori cominciò a guizzare e ad agitarsi come un topo nella trappola. Il capitano consegnò agli strumenti solo l'attenzione minima necessaria per non precipitare, concentrando il resto sugli indicatori: c'erano forti segnali infrarossi a meno di un miglio avanti a lui, cui si aggiungevano emissioni variabili nelle bande inferiori dello spettro.

Non era un esperto e nessuno gli aveva detto con precisione cosa cercare, ma quei rilevamenti non potevano essere ignorati. Interruppe così la virata, tornando sui suoi passi per indagare più profondamente, ed ecco che subito anche il magnetometro cominciò a dare segni di vita: dovette persino correggere tre volte l'assetto manualmente, per impedire che le perturbazioni magnetiche vibrassero un colpo fatale agli strumenti di bordo. Un'analisi più approfondita avrebbe richiesto un maggiore avvicinamento, con i conseguenti rischi per l'apparecchio, ma ormai riteneva di avere acquisito informazioni sufficienti: informare la base non era più un'opzione, ma un obbligo.

«Aquila 1 a nido. Mi sentite, nido?»

«Qui nido, aquila 1, passo.» rispose nelle cuffie la voce di un operatore radio.

«Sto rilevando forti anomalie termiche e magnetiche.» annunciò Scott, dividendo la sua attenzione tra gli strumenti di analisi e quelli di volo «Sono in volo in zona ovest, griglia ventuno. Mia posizione stimata…»

«Ti abbiamo sui radar, aquila 1.» l'interruppe tuttavia la voce dalla base «Stiamo ricevendo i dati. Rimani a sorvolare in zona in attesa di istruzioni.»

«Devo continuare le analisi?»

«Affermativo, ma sii discreto. Qui nido, passo e chiudo.»

Non appena la comunicazione fu interrotta e il capitano Scott ebbe ripreso a volteggiare sopra i paesaggi tetri e brulli del Nebraska occidentale, dalla base subito partirono nuovi segnali telematici, questa volta diretti a Washington: dal comando avevano richiesto l'aggiornamento tempestivo di tutti i dati, indipendentemente dalla loro apparente irrilevanza. Poiché tutti sapevano ciò che era successo a Nuova York, anche in assenza di spiegazioni esplicite gli ufficiali in comando si affrettarono ad eseguire gli ordini e a provvedere alla trasmissione.

Mezz'ora dopo, i grafici e i tabulati registrati da Scott giacevano sulla scrivania dell'ufficio di Creekman, in un complesso di laboratori segreto in località imprecisata, ancorché nei pressi della capitale. Persino i militari del gruppo di coordinamento avevano capito la potenzialità di quei rilevamenti e il colonnello Lesswire non aveva esitato, complici gli ordini e la necessità di agire, a trasmettere subito tutto alla sezione di ricerca.

L'ufficio di Creekman era spazioso ed elegante, come si conveniva alla carica da lui ricoperta, ma disordinato come e più del suo proprietario. Il direttore scientifico vi era tuttavia indifferente, consacrando ogni atomo della sua attenzione all'analisi dei rilevamenti di Scott.

In tutto il paese, nessuno aveva prodotto un grafico simile. Rispetto a quanto si sarebbe aspettato c'era qualche oscillazione sui magnetometri, sui radiometri, sull'infrarosso. Certo, tutto questo era chiaramente visibile, ma l'insieme era chiaro a sua volta. Sommando i dati su tutto lo spettro, poi, la conclusione sembrava poter essere una sola.

«Allora, professore?» lo riscosse la voce di un ufficiale, ansiosa: del resto, i suoi superiori pretendevano risposte «Cosa devo riferire a…»

«Direi che ci siamo.» l'interruppe Creekman «Vede, il profilo corrisponde perfettamente… ma che glielo spiego a fare, sarebbe come insegnare il turco a un pinguino. Comunque, niente comunicazioni avventate: non voglio fughe di notizie premature.»

«Ma, professore…»

«Senta, questa è una prova, ma non è definitiva.» l'interruppe ancora Creekman, con aria altrettanto cattedratica che severa «Direi che ci siamo, d'accordo, ma solo se gli apparecchi di Bachmann somigliano ai nostri. E poi potrebbe essere anche solo una fabbrica di lavatrici, no?»

«Ma…»

«Ma un corno! No, non fiati. Anzi, mi chiami piuttosto il dottor Blanket. Dovrebbe essere qui fuori che attende.»

L'ufficiale di collegamento dovette cedere le armi e alzare bandiera bianca, sebbene non ne fosse per nulla contento: al quartier generale attendevano una risposta e il generale Cheddar in persona si era raccomandato che fosse celere. Toccata & Fuga non procedeva come avrebbe dovuto e di questo, di tutto questo, avrebbero finito per incolpare lui! Ma come poteva opporsi al professor Creekman? L'uomo era un'autentica autorità nel suo campo e soprattutto, pur essendo solo un civile, era investito dall'esercito di un'autorità piena sulla sua sezione, in specie durante quell'operazione. In tutto il gruppo, solo il generale stesso avrebbe potuto costringerlo a qualcosa.

Uscito dalla stanza, fu sostituito nel volgere di un amen dal dottor Blanket. Questi, pur avendo la stessa eleganza del suo capo, era quasi due volte più giovane di lui e almeno tre volte più ordinato, come si poteva ben comprendere dalla cravatta impeccabilmente annodata e dai capelli pettinati con cura. Nella destra, insieme a un plico di fogli, reggeva lo schermo sottile di un tablet.

«Buongiorno, Blanket. Venga, venga pure.» lo invitò Creekman a procedere, accompagnandosi con un cenno della mano «Prego, si accomodi. Allora, ha avuto successo con quel piccolo lavoretto di cui dicevamo?»

«Pieno successo, professore.» confermò il dottor Blanket, avanzando fino alla scrivania e posando il tablet sul ripiano ingombro di carte e di oggetti inutili «Sono riuscito a tracciare tutti gli allacciamenti, dalla rete interna del Madison a quella locale dell'area di Nuova York, fino a…»

«Fino a dove?»

«Beh, ho risalito tutta la filiera.» rispose l'altro, illustrando lo schema informatico ricostruito sullo schermo «Un lavoro ben congegnato, non c'è che dire. Però perdo le tracce circa qui, in quest'area del Midwest. Dopo il ripetitore 140 del Nebraska, non riesco più a seguire il segnale.»

«Una trasmissione wireless?»

«È possibile.» ammise Blanket, facendo spallucce «Oppure…»

«Oppure abbiamo trovato la fonte!» esclamò Creekman in tono di trionfo, battendo il pugno sulla scrivania con tale forza che una tazza recante in bella vista la scritta

The Beatles sobbalzò vistosamente di qualche millimetro. Per un istante, il professore ne seguì inquieto le sorti, ma poi, visto che non correva più pericoli, tornò a degnare di considerazione il suo sottoposto.

«Lei crede che Bachmann abbia fatto ricorso a una trasmissione wireless, invece che via cavo?» chiese.

«Onestamente, no.» rispose il dottor Blanket «Il nostro prototipo non può che agire direttamente. Dobbiamo attenderci che per Bachmann valga lo stesso. Inoltre, se potesse inviare il segnale senza fili, perché trasmetterlo lungo la rete telematica dal Nebraska a Nuova York?»

«Già, è quello che mi chiedo anch'io.» convenne Creekman «E il ripetitore 140 dov'è, di preciso? Ah, ecco… sì, sì, sì, direi che ormai tutto combacia. Possiamo andare sul sicuro. Blanket, può essere così gentile da chiamare quel…»

Era indeciso se utilizzare "quel buffone qui fuori" o "quel manico di scopa in uniforme morso da un'anguilla elettrica". Era propenso sulla seconda, in effetti più pittoresca, quando la porta si aprì da sola e, senza alcun intervento da parte del dottor Blanket, il piccolo ufficiale di collegamento fece il suo precipitoso ingresso nella stanza.

«Professore, mi dispiace, ma il generale Cheddar pretende che…»

«Beh, che fa qui a perdere tempo?» lo aggredì verbalmente Creekman con fare burbero, scattando in piedi «Non lo sa che siamo in emergenza? Vada, vada, per l'inferno, e faccia presto! Informi il generale Cheddar e il gruppo di collegamento che abbiamo identificato la base operativa di Bachmann nel Nebraska occidentale!»

Disorientato e frastornato dal fiume di parole di Creekman, il povero ufficiale restò sul momento impietrito dallo stupore, incapace di agire. Ma poi, prima che giungesse una nuova e più severa reprimenda da parte del vecchio disordinato, l'ufficiale annuì, scomparendo oltre la porta per contattare il generale. Finalmente qualcosa cominciava a muoversi!

«Ah, gli dica di raccomandare agli uomini prudenza!» gli gridò dietro il professore, senza tuttavia essere certo che sentisse «È probabile che l'apparecchio di Bachmann sia in grado di agire anche sulla breve distanza!»

Fatto tesoro dell'avvertimento, l'ufficiale telefonò immediatamente al gruppo di collegamento. Lesswire passò la telefonata al generale Cheddar e questi ricevette conferma che il professore confermava l'ubicazione della base nemica. Non appena il laboratorio trasmise i dati delle analisi telematiche, già incrociati con i rilevamenti aerei, il luogo fu finalmente e definitivamente identificato: una ventina di miglia a nord della città di Alliance, in una regione poco frequentata, ma non distante da strade e centri di comunicazione: insomma, l'ideale per un pirata del calibro di Bachmann.

«Sembra che sia una base formata da un edificio principale e due più piccoli di forma vagamente ovoidale.» considerò Lesswire, mostrando al generale le ultime fotografie aeree «Riteniamo che il corpo centrale contenga l'arma e gli edifici più piccoli siano unità di supporto. È da ritenere che sia presente anche una formazione paramilitare di supporto e sorveglianza.»

«È probabile.» ammise Cheddar, massaggiandosi il mento rasato, mentre studiava le fotografie; quindi, posando lo sguardo sull'altro ufficiale in piedi davanti alla sua scrivania, riprese «Maggiore, sono pronti gli uomini?»

«Possiamo mobilitare le truppe di stanza a Omaha e portarle sul luogo in meno di sei ore.» confermò Washer, non senza un moto d'orgoglio «Stiamo facendo convergere altre unità nella zona, saranno lì nella notte. Le unità speciali sono state mobilitate e sono pronte, possono intervenire in qualunque momento.»

Il generale annuì, ma senza sbilanciarsi in un commento. Passandosi ripetutamente una mano sull'ampia fronte e sulle tempie ormai glabre da tempo, studiò fotografie, analisi e rapporti, valutando la consistenza delle forze avversarie. Non lo preoccupava tanto il fattore numerico, sul quale potevano certamente esercitare una superiorità schiacciante, quanto quello strategico: Bachmann aveva dimostrato di essere in grado di lanciare attacchi mirati molto potenti, come avrebbe reagito a un attacco frontale?

Adesso che l'identificazione era stata portata a termine, occorreva essere prudenti. Prima di lanciare azioni di cui avrebbero potuto pentirsi, dovevano valutare la situazione direttamente sul campo; e questo significava assegnare un ordine ben preciso alle operazioni.

«Molto bene.» commentò infine «Toccata & Fuga assume da adesso il seguente ordine: andiamo avanti con le truppe di Omaha. Nel caso incontrassero resistenza, procederemo con un'azione suppletiva da parte delle unità successive. Fase uno dell'attacco, inviare delle unità in avanguardia per saggiare le difese nemiche. Fase due, attaccare con il grosso delle forze. Fase tre, impiegare eventualmente le riserve. Lo scopo principale dell'attacco è neutralizzare l'arma o perlomeno danneggiarla. Obiettivo secondario, catturare o neutralizzare Bachmann. Trasmetta gli ordini al generale Pfennig.»

«Subito, signore. E per la copertura aerea?»

«Solo per ricognizione, non voglio bombardare a caso il territorio americano.» replicò seccamente Cheddar; e, chissà perché, ai presenti parve che avesse calcato la voce su "il territorio americano" «Ah, mi raccomando: informate le autorità locali di evacuare interamente e immediatamente la zona entro un raggio di quindici miglia dalla base.»

«Naturalmente.» assentì Washer; quindi, senza attendere oltre, salutò impettito e uscì dall'ufficio per tornare alla grande sala di regia e impartire alle truppe gli ordini relativi.

«Sembra che Toccata & Fuga proceda bene, colonnello.» considerò Cheddar, non appena il maggiore si fu ritirato «Lei non crede?»

«Certo, signore. Tuttavia ... »

Fu interrotto nel bel mezzo della frase dal telefono che squillava. Con un gesto accennato di scusa, Cheddar prese in mano il piccolo apparecchio, accettando la chiamata e portandolo immediatamente all'orecchio.

«Cheddar.» rispose «Sì… sì, certo. Abbiamo localizzato il rifugio di Bachmann. Sì… sì, naturalmente. Le truppe sono già in viaggio, entro sei ore avremo un'intera unità sul posto. Certo, signore. Non mancheremo. Buona giornata, signore.»

Il generale allontanò il telefono dall'orecchio, appoggiandolo nuovamente sulla scrivania. Il tono di tutta la conversazione non lasciava in verità molti dubbi sull'identità dell'interlocutore.

«Il presidente vuole chiudere la questione al più presto.» dichiarò Cheddar «Informi Washer che le truppe devono fare in fretta: quattro ore per portarsi sul luogo, non di più. Quindi attaccare.»

«Questo modificherà un po' i piani, presumo.» osservò, sia pure prudentemente Lesswire «Immagino bisognerà passare direttamente alla fase due.»

«Niente affatto.» replicò seccamente il generale «Si va avanti come stabilito. Solo, dobbiamo accelerare i tempi. E adesso, diamoci da fare: qui si comincia a ballare sul serio.»

IV

«Ho capito, signore. Saremo sul bersaglio per l'ora prevista.»

Il generale Pfennig allontanò il telefono dall'orecchio, meditando in cuor suo, per qualche istante, i nuovi ordini: a quanto sembrava, ai piani alti avevano intenzione di chiudere la faccenda nel minor tempo possibile; il che significava che i tempi per il piano d'attacco, già molto aggressivo, erano stati ulteriormente ridotti.

Quella meditazione non poté tuttavia durare a lungo. Gli uomini avevano bisogno di ordini e tanto i mezzi di trasporto quanto i veicoli corazzati non potevano certo trasformarsi in altrettanti tappeti volanti: bisognava intervenire per tempo, onde restare nella nuova tabella di marcia, e per questo il tempo era un lusso che non poteva permettersi di perdere.

Si avvicinò dunque alla trasmittente del suo centro di comando mobile, afferrando il microfono senza tante cerimonie e ritrasmettendo ai suoi i nuovi ordini.

«A tutte le unità.» cominciò «Incrementare la velocità. Dobbiamo giungere a destinazione entro quattro ore. Generale Pfennig.»

Chiusa la comunicazione senza effettuare ulteriori specificazioni, che del resto non erano in alcun modo necessarie, tornò a riflettere in sé stesso: sebbene dal comando gli avessero impartito solo l'ordine di ridurre i tempi per l'operazione, di cui il conseguente incremento di velocità, non era certo che restasse abbastanza margine di manovra per attuare anche la fase uno. La fase tre era del tutto ipotetica, e si basava sul presupposto che l'impiego della formazione d'attacco standard si rivelasse insufficiente; ma la fase uno aveva un valore cui difficilmente poteva rinunciare.

Questo è quello che succede quando chi comanda non è sul campo di persona, pensò con un certo fastidio. D'altra parte, sebbene disapprovasse e sebbene fosse certo che i vertici militari disapprovavano almeno quanto lui, non poteva discutere gli ordini. Soprattutto considerato che, non potendo per la loro assurdità venire dal gruppo di coordinamento, dovevano per forza venire dal piano superiore ... e questo significava la casa bianca.

La quinta brigata di fanteria meccanizzata avanzava lungo la strada verso Alliance, per poi dirigersi a nord, verso la foresta nazionale del Nebraska. Gli ordini riportavano di dirigersi in quella zona, specificando anche le coordinate precise, dove avrebbero finalmente incontrato il nemico da impegnare. Nel frattempo, concordemente agli ordini ricevuti, le autorità locali stavano provvedendo a sgomberare la zona, sia per non creare intralcio alle operazioni militari, sia, soprattutto, per salvaguardare le vite dei civili: sebbene i giornali non avessero ricevuto in pasto alcuna notizia, tranne qualche dettaglio irrilevante ai fini delle operazioni, tutti ben sapevano ciò che era accaduto a Nuova York e tutti ben sapevano che poteva ripetersi.

La colonna raggiunse finalmente Alliance, il tutto nei tempi previsti. Camion e mezzi di scorta, autoblindo leggere che potevano certo operare contro la fanteria ma che sicuramente non erano in grado di affrontare una divisione corazzata, attraversarono i collegamenti stradali nei pressi della cittadina ormai evacuata, procedendo verso nord. Pfennig, in costante contatto con il comando a Washington, provvide ad informare gli ufficiali di collegamento della situazione, ricevendo in cambio l'approvazione, per loro tramite, del generale Cheddar: i tempi erano stati rispettati, e questo era un bene; ciononostante, occorreva comunque agire in fretta.

Messo sotto pressione, Pfennig provò a osservare che i tempi per la fase uno erano contingentati e che c'era il rischio di escluderla. L'ipotesi fu tuttavia scartata con orrore: Toccata & Fuga doveva procedere come stabilito, non era possibile rinunciare a una fase esplorativa importante: come si poteva pretendere di mandare gli uomini allo sbaraglio, senza aver prima tastato il terreno? Le capacità di resistenza del criminale erano ignote e bisognava procedere cautamente. L'operazione non poteva cambiare.

Di fronte a quelle considerazioni, Pfennig era senz'altro d'accordo, ma non era per quello che aveva osato sollevare un'obiezione. Il suo obiettivo, infatti, era avere più tempo: gli si chiedeva di lanciare due operazioni di fatto indipendenti, benché definite solo come "fasi" distinte di una stessa operazione, a troppo breve distanza l'una dall'altra. Quanto avrebbe avuto a disposizione, per la fase uno? Anche assumendo che non ci fossero ritardi, bisognava mettere in conto la possibilità di lanciare la fase due mentre la uno era ancora in corso. Anche quest'obiezione venne esposta al comando, ma il generale, pur comprendendo le necessità del comandante, confermò che non era un'opzione: il piano non poteva subire modifiche e le tempistiche arrivavano direttamente dal presidente. Tanto bastava per chiudere la questione e per legare a Pfennig le mani.

Nel frattempo, la brigata aveva raggiunto il teatro operativo. Studiando dal suo mezzo di comando una mappa della regione, corredata da tutte le foto aeree e satellitari disponibili del complesso di Bachmann, Pfennig aveva avuto modo di elaborare un piano d'attacco: avrebbe mandato avanti tre compagnie lungo altrettanti fronti, stabilendo dove il nemico fosse più debole e dove invece più forte. Quindi, al momento opportuno, avrebbe attaccato lungo la direttrice più conveniente, ben ricordando che lo scopo principale dell'operazione era guadagnare tempo. Non doveva dimenticare inoltre che una parte delle truppe sarebbe rimasta nelle retrovie, pronta per un impiego di riserva, onde portare aiuto alle squadre che avessero incontrato maggior resistenza. Prudenzialmente, circa un terzo degli uomini e un quarto dei mezzi corazzati, oltre al furgone del suo quartier generale e al centro delle comunicazioni, avrebbero atteso in posizione di sicurezza.

Non appena furono in prossimità dei luoghi, la preparazione del piano dovette cedere il passo alla sua esecuzione. Pfennig controllò l'orologio, scoprendo che la tabella di marcia non lasciava loro scampo, quindi studiò con attenzione i monitor: due di essi riportavano le immagini riprese dai ricognitori in volo, gli altri erano invece collegati alle telecamere che l'unità stessa portava con sé. A giudicare da quelle immagini, sembrava che non fossero intervenute novità su quanto già sapevano. Beh, a questo punto dovevano muoversi.

Stava per trasmettere l'ordine, quando sentì il telefono che squillava. Visti i precedenti, avrebbe preferito non rispondere e procedere con le operazioni, ma il suo dovere era chiaro. Portando così il ricevitore all'orecchio, si limitò a identificarsi:

«Pfennig.»

«Generale, non dimentichi di accendere i rilevatori.» lo informò la voce di Washer, calma e tranquilla, nella sicurezza del centro di controllo «Il professor Creekman ha chiesto espressamente di ricevere ogni dettaglio riguardo l'apparecchio di Bachmann e il generale Cheddar vuole sapere tutto sulle strutture di supporto. L'acquisizione di queste informazioni è da considerarsi un obiettivo primario.»

«Certo.» assentì il generale, che a dire il vero avrebbe preferito sbranare Washer sul posto «Questo però richiederà di allungare le operazioni. Ho bisogno di una dilazione sul programma.»

«Il programma deve restare invariato.» replicò seccamente il maggiore «Il generale si è già impegnato con il presidente e il presidente ha annunciato pubblicamente che la minaccia sarà debellata in tempi rapidi.»

«Chiedo solo un paio d'ore in più.»

«Mi dispiace, ma anche questo è impossibile.» insistette il maggiore «Quel paio d'ore farebbe saltare le edizioni serali dei notiziari ed è imperativo per il morale e l'opinione pubblica che la minaccia sia debellata entro la prima serata. Come riuscirci è affar suo. Buon lavoro, generale.»

Senza attendere risposta, Washer interruppe la telefonata. Quel suo ultimo augurio aveva tuttavia il sapore di una beffa: non solo non aveva il tempo materiale per le operazioni, ma doveva pure occuparsi di raccogliere dati! Avrebbero dovuto rinominare l'esercito come club degli scaricabarili. Arrabbiarsi però serviva a poco e così Pfennig si accinse a trasmettere a tutti gli ordini riveduti.

«Attenzione, a tutto il personale.» cominciò, parlando nel microfono d'intercomunicazione «Attivate tutti gli apparecchi d'analisi e assicuratevi che la modalità di trasmissione sia attiva. Prima, seconda e sesta compagnia: portarsi nelle posizioni alfa, beta e gamma del quadrante d'azione e attendere l'ordine di attacco. Gruppo d'attacco, portarsi in posizione delta uno. Gruppo riserva, in posizione delta due. Segnalare appena pronti.»

Interruppe la comunicazione, spostandosi verso la parete opposta del furgone. Si tenne in equilibrio appoggiandosi al tettuccio basso, mentre l'autista dirigeva verso il punto designato, tornando quindi a studiare le operazioni del nemico. Apparentemente sembrava non essersi accorto di nulla e le riprese mostravano calma piatta in tutti gli edifici. Eppure...

Colto da un dubbio, confrontò le immagini in tempo reale con foto aeree precedenti. No, non si era sbagliato: uno degli edifici minori si era spostato. Nella prima foto erano tutti e due da un lato del corpo principale, quello che presumibilmente conteneva l'apparecchio, mentre ora erano sui due lati opposti. Questo significava che non si trattava di edifici, ma di unità mobili. In linea di principio, questo non modificava le operazioni, tuttavia introduceva un elemento incognito che poteva rivelarsi pericoloso.

Sempre aiutandosi con il tettuccio, tornò alla postazione radio: occorreva informare gli uomini di ogni sviluppo.

«Sesta compagnia, fate attenzione.» comunicò, quando raggiunse il microfono «Il bersaglio C si è spostato dalla sua posizione originale e adesso è tra voi e la seconda compagnia.»

«Ricevuto, signore.» fu la risposta dell'ufficiale in comando «Lo vediamo.»

Accusato il ricevuto, non restava che attendere. Uno ad uno, tutti i reparti informarono la centrale operativa di aver raggiunto le posizioni previste. Quando anche la prima compagnia, che aveva avuto un maggior tratto da percorrere, fu in posizione, Pfennig non perse tempo: era il momento di cominciare le danze.

«Gruppo d'attacco, tenersi pronti.» ordinò «Prima, seconda, sesta compagnia: all'attacco!»

Osservando la scena dall'alto, come potevano fare in quel momento i ricognitori in volo sopra il rifugio di Bachmann, non si sarebbero notate molte differenze: qualche formichina verdognola, appena distinguibile sul terreno dello stesso colore, sembrava avvicinarsi verso una specie di termitaio metallico. In realtà le formichine erano le compagnie d'avanguardia della quinta brigata di Pfennig e il termitaio perlaceo altro non era che la base segreta di Bachmann. Scendendo di quota, diciamo a volo di piccione, la scena sarebbe apparsa più concitata: la seconda e la sesta compagnia procedevano contro il bersaglio B, una delle due strutture minori, mentre la prima si dirigeva direttamente contro il nucleo principale. Nessuno aveva ancora sparato un colpo, ma tutti, armi in pugno, erano pronti a scatenare l'inferno.

Nel suo furgone blindato, intanto, Pfennig osservava la situazione: per il momento, nulla, come se quegli edifici fossero stati disabitati. Poi, però, un particolare attrasse la sua attenzione: era come... sembrava che un portellone si stesse aprendo da una delle strutture.

«Bersaglio B in attività, attenzione.» comunicò ai suoi uomini nel microfono. Quindi, tornato a esaminare la situazione, per un istante il respiro gli si mozzò per la sorpresa.

Gli uomini della seconda e della sesta compagnia non furono da meno. Lo spettacolo si presentò ai loro occhi direttamente, non attraverso il filtro di una telecamera: il portellone che Pfennig aveva creduto di vedere muoversi si era effettivamente mosso, scivolando di lato a scoprire un'intera sezione del bersaglio B; ed entro quella sezione, incavato per metà circa della sua lunghezza, un vero e proprio palcoscenico teatrale ospitava un'intera orchestra sinfonica.

Un'orchestra, sì: violini sulla sinistra, viole al centro, violoncelli e contrabbassi sulla destra; oboi, flauti e fagotti in seconda fila, corni e ottoni in terza. Infine, al sommo di ogni cosa, percussioni e timpani. Tutti gli orchestrali vestivano impeccabilmente in frac nero con panciotto bianco, come se avessero dovuto allietare una serata di gala, invece che contrastare un'operazione militare. Di ogni scenario possibile non era certamente quello, che i soldati si aspettavano.

Davanti a una minaccia convenzionale, gli ufficiali avrebbero saputo come agire: ordinando agli uomini di riprendersi e di andare avanti. Ma di fronte a un tale spettacolo, persino un veterano avrebbe avuto perlomeno un sussulto di incertezza.

Gli orchestrali, dal canto loro, non si fecero scrupoli a profittare di quel limbo. Il direttore d'orchestra, impeccabile egli pure nel suo frac nero con panciotto bianco, si volse verso i soldati, si inchinò, quindi si volse ancora verso i suoi. Levò la bacchetta in aria e, volto lo sguardo per abbracciare ogni musicista, diede il via all'esecuzione.

Il potente primo movimento della seconda sinfonia di Brahms lacerò l'aria brulla della pianura, appena interrotta qua e là dalle prime avanguardie della foresta nazionale. Bastarono tuttavia le primissime battute perché a tutti fosse subito chiaro che quello non era un semplice concerto.

Quella musica era capace di uccidere. Letteralmente. Non appena il direttore ebbe dato l'attacco, il sergente che avanzava in testa alla sesta compagnia si portò le mani alle tempie, urlante: un secondo dopo quelle tempie non c'erano più. Anche gli altri soldati si resero conto che l'orchestra non era solo un'orchestra e che gli strumenti non erano solo strumenti: nel corso del primo crescendo caddero tutti a terra, alcuni già morti, altri contorcendosi nel dolore. Il capitano in comando, capito che non era il caso di fare gli eroi, cercò di salvare il salvabile ordinando la ritirata Non aveva però ancora chiuso la parola: «Copritemi!», che subito il fu raggiunto da una scarica di falconetto di tutti gli ottoni. Il cuore gli si fermò nel petto e, spalancando la bocca in un urlo senza voce, sgranò gli occhi fin oltre le orbite e crollò a terra morto.

Alla seconda compagnia le cose non andarono meglio. Dopo aver perso tre uomini, uccisi all'istante dallo stesso crescendo di ottoni, alcuni persero il controllo e, senza por tempo in mezzo, scaricarono i rispettivi caricatori sull'orchestra maledetta. Ma quelle pallottole non arrivarono mai a destinazione: i flauti e il corno inglese, accortisi dell'attacco, improvvisarono una variazione sulla melodia, restando tuttavia nel corso armonico, e quei proiettili, incredibile ma vero, semplicemente scomparvero. Al loro posto brillò per un istante una piccola stella verdastra, simbolo forse di una distruzione, ma nulla di più.

«Via!» urlò il capitano della compagnia «Via! Ritirata!»

L'ufficiale fu più fortunato del suo collega, ma non di molto: riuscì a incitare gli uomini e a cominciare la fuga, ma non durò a lungo. Insieme a dodici dei suoi venne falciato da una raffica delle trombe e dei tromboni, ormai del tutto distaccati dal tema principale. In effetti, della seconda sinfonia di Brahms in quella musica restava ben poco, ma essa comunque si levava alta e possente a dominare su tutto.

Solo la prima compagnia riuscì a ottenere qualche limitato successo, avanzando verso i suoi obiettivi sul bersaglio principale. Ma non fecero nemmeno in tempo ad attaccarne le lisce pareti metalliche che l'orchestra distruttrice, finito il lavoro con i commilitoni, rivolse le proprie attenzioni alla compagnia superstite. Il bersaglio B ruotò su sé stesso, forse grazie al comando di qualche manovratore interno, e non appena la compagnia fu bene in vista ricominciò il fuoco di fila.

Due uomini furono atterrati all'istante. Gli altri, per quanto colti di sorpresa, reagirono prontamente, portandosi fuori tiro, nascondendosi nell'erba alta o facendosi riparo dietro un albero occasionale. Un piccolo gruppo, tre o forse quattro, ebbe la bella pensata di rifugiarsi dietro il grande edificio principale: nessuno li rivide più. Tutti comunque aprirono il fuoco, certi che almeno qualche proiettile sarebbe arrivato a destinazione.

Illusi: come già prima, alcuni orchestrali si staccarono dal tema principale della partitura e rivolsero la propria musica contro quell'attacco. Tutti i violoncelli e i contrabbassi opposero contro quei proiettili un devastante fuoco di sbarramento, facendoli saltare in aria uno per uno. Il giochino durò circa mezzo minuto, prima che i soldati si accorgessero dell'inutilità di ogni loro sforzo. A quel punto, più che l'onor poté il terrore: tutti si diedero semplicemente alla fuga, prima che l'orchestra potesse contrattaccare.

Di nuovo, una grande illusione: furono i corni questa volta a mettersi in caccia, raggiungendo i soldati l'uno dopo l'altro. Forse un paio riuscirono ad allontanarsi abbastanza da dirsi al sicuro, ma nessuno riuscì a raggiungere delta uno o delta due.

Il generale Pfennig, nel frattempo, era rimasto a guardare allibito l'annientamento di ben tre compagnie, senza che alcuna di esse riuscisse a provocare un sia pur minimo danno al nemico. Per un attimo aveva ceduto allo scoramento, pensando di ordinare la ritirata generale, ma poi, pensando al proprio onore e a quello della propria unità, aveva deciso che non potevano arrendersi: dovevano battersi e solo poi, se mai, accettare la sconfitta.

«Gruppo d'attacco, all'attacco!» ordinò «Gruppo riserva, tenersi pronti.»

Gli ordini furono prontamente eseguiti e colonnelli e maggiori, ricevuto il comando, provvidero a muovere i veicoli corazzati e gli uomini a piedi contro la struttura, seguendo le stesse direttrici d'attacco delle compagnie. Ovviamente gli uomini erano ignari di quanto successo alle avanguardie, ma bastarono pochi minuti perché tanto gli ufficiali quanto i soldati si rendessero conto che le cose non erano andate proprio bene: silenzio intorno e corpi sul terreno erano eloquenti quanto mai. Un aggiustamento al piano originale si rendeva a quel punto quanto mai necessario.

«Schierati e pronti.» comandò seccamente il colonnello al comando del gruppo d'attacco «Tiratori in prima linea. Unità quattro, cinque e sette, piegate cinquanta iarde sulla destra.»

La nuova strategia non aveva bisogno di presentazioni: attaccare sì, ma a distanza. Peccato che anche quella strategia non fosse particolarmente capace di successo.

Le pallottole non erano efficaci. Bastava una variazione da parte di un settore dell'orchestra per fungere da fuoco di copertura e annichilire i proiettili nel nulla. Fossero archi o fiati a rispondere, erano più efficaci di qualunque fuoco di sbarramento.

Il colonnello passò allora al proprio crescendo, sostituendo la fanteria con l'artiglieria leggera e con i mezzi d'assalto: dove i fucili avevano fallito, essi avrebbero avuto certamente la vittoria. Ma anche quelle armi ottennero ben poco.

Questa volta, a intervenire, furono le percussioni. Passando velocemente dai piatti al gong, il musicista neutralizzò uno alla volta tutti i colpi, con altrettanti proiettili musicali. E quando il colonnello ordinò il cessate il fuoco, ritenendo più opportuno concentrarsi su un nuovo bersaglio, fu l'orchestra a rispondere.

Un poderoso fuoco di timpani, in crescendo e in accelerando, si concentrò sui mezzi corazzati. Ne prese uno in pieno e subito lo fece saltare per aria. L'autoblindo spiccò un balzo di cinque o sei metri, prima di ricadere, in fiamme, riverso sul dorso, come una gigantesca testuggine metallica cui ogni via di fuga fosse ormai preclusa. Un secondo mezzo venne colpito mentre sterzava e subito il proiettile lo mise in rotazione come una trottola impazzita, scagliandolo lontano come un dischetto colpito da una mazza da hockey su ghiaccio. Un terzo autoblindo fu invece preso nel mezzo e semplicemente esplose in mille pezzi in una palla di fuoco.

Non contenti, i timpani passarono dalla controffensiva all'offensiva. Iniziarono contro il gruppo d'attacco un vero e proprio fuoco di sbarramento, contro il quale ogni risposta dei militari finì per infrangersi inutilmente. Con i timpani trasformatisi in cannoni, i violini in mitragliatrici, i fiati in fucili di precisione, il colonnello in comando capì che non c'era modo di sfondare la linea degli orchestrali. Ogni assalto era immediatamente respinto ed ogni contrattacco nemico si risolveva in gravi perdite tra i suoi. Proseguire l'offensiva poteva risolversi solamente in un suicidio.

In posizione delta due, Pfennig non la pensava ormai diversamente: l'avanguardia era stata annientata, il gruppo d'attacco stava subendo perdite devastanti e nulla lo assicurava che la riserva non sarebbe stata annientata. Bisognava agire, correre ai ripari, prima che fosse troppo tardi.

«Il generale Cheddar, subito.» urlò nel telefono, non appena udì la voce di Washer rispondergli «Sì... maggiore, stiamo subendo un tracollo! Richiedo un intervento aereo immediato!»

Dall'altro lato della comunicazione, Washer cercò di balbettare che il generale era in conferenza stampa in diretta e che un intervento aereo era improponibile, ma Pfennig non volle sentire ragioni: o aerei subito, o avrebbe ordinato la ritirata. Non attese nemmeno una risposta del maggiore, interrompendo la telefonata e dando ordine, subito dopo, al gruppo d'attacco di ripiegare: occorreva portarsi in posizione sicura, prima di tentare un nuovo assalto.

Il gruppo d'attacco eseguì l'ordine come poté, ma le sue condizioni erano a dir poco critiche: dopo aver perso quasi tutti i mezzi corazzati e metà degli effettivi, l'unità era decisamente in rotta. Una rapida valutazione suggerì a Pfennig di avanzare, recuperare gli uomini e proteggerne la ritirata. Questo significava impegnare seriamente il gruppo riserva, esponendo anch'esso al fuoco nemico, ma sembrava non esserci altra soluzione ragionevole.

«Gruppo riserva, avanziamo.» ordinò infine, dovendo prendere una decisione «Dobbiamo proteggere la ritirata del gruppo d'attacco.»

A quell'ordine, tutti i mezzi rimasti partirono da delta due diretti verso il fronte, là dove gli uomini all'assalto stavano subendo ciò che sarebbe un eufemismo definire una sconfitta.

L'obiettivo dell'operazione era semplicissimo: salvare il salvabile. Ma ormai l'orchestra era passata dal semplice contrattacco a un'offensiva totale. In un tonante assalto dei bassi, dei timpani, dei piatti e dei tromboni, i soldati in fuga vennero fatti a pezzi. Tacquero, infine, ma solo perché la cavalleria delle trombe e dei corni si mettesse in caccia, falciando quelli che ancora non erano stati abbattuti e che cercavano di ricongiungersi al gruppo riserva.

Anche il gruppo riserva, tuttavia, non era in buone acque e presto dovette rendersi conto che fronteggiare le truppe di Bachmann era molto, molto pericoloso. Ormai l'orchestra si era messa decisamente all'attacco e non si fece scrupoli ad affrontare anche le riserve.

Fu lo stesso Pfennig a farne esperienza. Vide per prima cosa gli schermi illuminarsi fino a renderne insostenibile la vista, quindi sentì il furgone scosso da una musica vibrante e profonda, ottenuta sommando tutti i bassi dell'orchestra. Incapace di sopportarla, portò le mani alle orecchie, cercando invano di sfuggirvi, cercando invano di impartire ordini che nessuno poteva più eseguire. Poi, precipitò nel buio.

L'armata era nel caos. I pochi sopravvissuti erano dispersi e in fuga, incapaci di riorganizzarsi o anche solo di rientrare nei ranghi. L'attacco si era rivelato un fallimento totale e Bachmann aveva dimostrato che gli bastavano davvero pochi uomini, opportunamente armati, per tener testa forse all'intera nazione. Nessuno, ormai, poteva più proteggersi.

V

Lentamente, respirando affannato per incamerare aria, il capitano Welsh della quinta brigata di fanteria meccanizzata riprese i sensi. In principio non vide intorno a sé che una nebbiolina indistinta e sagome confuse ergersi in essa, scure come cipressi in un cimitero e severe come professori di latino. Poi, via via che il sangue tornava al cervello e che la vista e i sensi tornavano efficaci, la nebbia condensò in una stanza dalle pareti bianche e dal pavimento a scacchiera e le sagome confuse si trasformarono in altrettanti uomini, tutti vestiti rigorosamente e impeccabilmente in abito formale, con frac nero e con panciotto bianco.

Non appena il suo cervello decodificò l'informazione "frac nero con panciotto bianco", ebbe un moto di panico: perché gli uomini in frac nero con panciotto bianco erano esattamente gli stessi orchestrali che avevano annientato tutto il suo reparto!

«Non si agiti, capitano.» cominciò uno di essi, forse il direttore «Non abbiamo intenzione di farle alcun male.»

La voce dell'uomo era calma, ma non si preoccupava di nascondere un forte accento di ironia, se non apertamente di sarcasmo. Welsh tentò di arretrare, ma subito si accorse che dietro di lui c'era lo schienale di un divano e su tutti gli altri lati era circondato da uomini in frac nero con panciotto bianco. Qualsiasi tentativo di fuga, circondato, indebolito e intontito com'era, era fuori questione.

Rendendosi conto della propria impotenza, l'ufficiale si guardò intorno, nel tentativo di individuare un punto debole nelle difese nemiche. La stanza non era particolarmente vasta, non più di trenta metri quadri, ma era arredata con sobrietà e con gusto: le pareti erano verniciate di bianco, il pavimento a scacchiera, grandi specchiere dorate in stile neoclassico adornavano almeno tre pareti, le eleganti porte erano in legno di noce e le lampade soffuse, di una luce vagamente rosata... per quanto fosse assurdo, complice l'*allegretto* di un'orchestra da camera che si udiva in sottofondo, ebbe la netta impressione di trovarsi nel foyer di un piccolo teatro.

«Dove... dove sono?» chiese infine, incerto.

«Dove vuole che sia? Lei è mio prigioniero, caro capitano.»

A quella voce, tutti rispettarono un religioso silenzio. Gli orchestrali si volsero con sussiego, facendosi da parte con rispetto. Anche Welsh, nel tentativo di comprendere, seguì con gli occhi gli occhi adoranti dei musicisti. Ma quando si rese finalmente conto di ciò che essi guardavano, per la sorpresa gli si mozzò il respiro.

Sul vano di una delle porte si stagliava una figura imponente, interamente vestita di nero. Portava un cappotto di foggia antica, forse sei o settecentesca, corredato da un lungo mantello foderato in rosso e da una parrucca color polvere che gli scendeva fino alle spalle. Sulla parte sinistra del petto, là dove si appuntano le medaglie, una B gotica nera e bordata di bianco campeggiava in un riquadro rosso, simbolo inequivocabile dell'identità di quell'uomo: dopo le immagini del Madison bisognava essere ciechi, in tutti gli Stati Uniti, per non sapere ciò che significava.

«Ba… Bachmann.» mormorò Welsh, gli occhi sbarrati.

L'uomo avanzò verso il centro della sala, ancor più ossequiato dai suoi orchestrali. Si chinarono lievemente in segno di rispetto, si fecero da parte, quasi si prostrarono. Il suo sguardo era fisso sul prigioniero, ma parlare di sguardo sarebbe quanto mai improprio: il suo volto non era infatti un volto, ma una maschera che riproduceva esattamente le fattezze di Johann Sebastian Bach nel suo ritratto di Gottlob Haussmann del 1748.

Quel volto immutabile, la cui bocca era appena piegata in un sorriso quasi sarcastico, più che un'ilarità grottesca generò in Welsh un moto di terrore e repulsione.

«Bravo.» disse intanto l'uomo, giunto ormai presso al divano su cui l'ufficiale era abbandonato «Merita un premio, per questo. Ma prima, mi dica: che musica ascolta?»

Per soddisfare l'ottavo comandamento, Welsh avrebbe dovuto rispondere di avere comprato appena tre giorni prima un'edizione speciale di *Number of the Beast* degli Iron Maiden. Non tardò tuttavia a rendersi conto che la verità avrebbe causato la sua esecuzione immediata. Così, balbettando, riuscì a impapocchiare una risposta di copertura:

«Mo… Mozart.» disse «Quella… quella che fa pom… pom pom… pom pom, pom pom, pom pom…»

Il tentativo di canticchiare *Eine kleine Nachtmusik* si rivelò piuttosto fiacco ed è difficile credere che Bachmann o qualcuno degli orchestrali abboccasse. Ma bastò l'intenzione e, se non fosse stato costretto all'immobilità facciale dalla maschera, il suo carceriere avrebbe certamente sorriso.

«Maestro, vuole forse che lo giustiziamo?» chiese nel frattempo uno degli orchestrali, quello probabilmente di rango più alto, trattenendo a stento il piacere di un tale desiderio.

«Giustiziarlo?» replicò Bachmann, fingendosi sorpreso «E perché mai?»

«Perché faceva parte di quei folli che hanno osato resisterle, maestro.» spiegò l'orchestrale, sempre, è ovvio, con deferenza.

Probabilmente quella conversazione era solo il gioco delle parti, perché né Bachmann, né l'orchestrale si scomposero più di tanto delle rispettive reazioni. Non era nemmeno escluso che l'intera scenetta fosse stata concordata, unicamente per aumentare la tensione nel petto del prigioniero.

«Certo, questa è una colpa molto grave.» ammise Bachmann con sussiego «Ma hanno già pagato per il loro crimine e noi, in fondo, siamo persone civili, non crede? No, hanno già avuto ciò che si meritavano: adesso che ho mostrato la mia capacità di batterli, è bene che tutti conoscano anche il mio volto umano, caritatevole e paterno. La gente non deve temermi: non mi basta che mi temano, io voglio che mi amino.»

«Bravo! Bravo, maestro!»

Negli orchestrali, l'adulazione aveva preso le forme di un applauso appassionato, per quanto attutito dai guanti di seta che avvolgevano le rispettive mani. Welsh restò a guardare gli scagnozzi del cattivo che incensavano il loro capo e questi che, con palese compiacimento, ne riceveva l'omaggio. La scena non durò tuttavia che qualche momento, prima che la maschera immobile di Bach si concentrasse nuovamente sul suo prigioniero.

«Il fatto che mi amino non deve però sorvolare le responsabilità che ciascuno ha nei miei confronti.» disse il malvagio «Avete avuto prova della mia potenza, ma lo stesso avete osato sfidarmi!»

«Io… io…» balbettò l'ufficiale, cercando di arretrare: ma lo schienale del divano e la parete gli impedivano di proseguire «Io eseguivo soltanto degli ordini…»

«Se le ordinassero di bruciare viva sua madre, eseguirebbe?» ringhiò Bachmann di rimando, senza tuttavia scomporsi nel fisico «Ma certo, qualcuno forse sì, lo farebbe. Questo però non la esime dalle sue responsabilità, né esime alcuno di voi. Ma non si preoccupi, siete tutti ancora in tempo per salvarvi. Ovviamente dovrete sottostare alle mie condizioni e ovviamente, avendo voi miseramente fallito questo tentativo puerile di sconfiggermi, dovrete subirne un inasprimento. Dico bene o no?»

«Ah, non c'è dubbio!»

«Dice bene, maestro, benissimo!»

«Magnifico, maestro! Magnifico!»

«Bravo! Bravo!»

Nuovamente gli orchestrali si fecero adulanti e nuovamente Bachmann ne raccolse compiaciuto l'adulazione. Poi però, d'improvviso, mosse di scatto la mano come a chiudere un crescendo e subito i musicisti tacquero. La sua attenzione si volse, una volta di più, all'ufficiale prigioniero.

«Le mie condizioni precedenti, ovviamente, rimangono. Distruzione di tutti i dischi che non siano di musica classica e mia nomina a dittatore unico di Artide, Antartide e Isola di Pasqua con relativo appannaggio. Ma quell'appannaggio dovrà essere raddoppiato e inoltre voglio che ogni settimana in tutte le città del globo si organizzino concerti di musica, barocca o romantica a scelta, a partecipazione obbligatoria; e che tutti coloro che non sapranno suonare almeno il violino o il clavicembalo siano esposti in gabbie sulla pubblica piazza ed esposti al pubblico ludibrio. Ha capito bene?»

Incapace di parlare, il capitano Welsh ebbe tuttavia abbastanza presenza di spirito per annuire: incremento dell'appannaggio, concerti di musica classica e bacchettate sulle mani. Sperò di riuscire a ricordare tutto, ma, dopo una disfatta del genere, le condizioni erano solo una questione di dettagli.

«Lei sarà il mio ambasciatore.» riprese il criminale «Parli ai suoi superiori. Li informi delle mie intenzioni e di ciò che voglio. Discutano pure, vedano se sia il caso di inviarmi contro una nuova, inutile, spedizione, ma che sappiano: hanno solo quarantasette ore. Ogni nuovo attacco provocherà un inasprimento delle mie condizioni e ogni ritardo provocherà inevitabilmente la mia inesauribile ira. Ha capito anche questo?»

Nuovamente, Welsh non ebbe l'animo di rispondere, ma ebbe cuore a sufficienza per annuire. Bachmann se ne

mostrò soddisfatto: tanto gli bastava, da parte di quel pove-
rello.

«Bravo.» disse «Allora vada: torni alla sua città e parli
ai suoi capi. Che sappiano ciò che è e ciò che può essere!
Perché, da me, nessuna malriposta pietà sarà possibile.»

VI

Blindato nella propria macchina di servizio, Cheddar era inquieto. Sul sedile accanto, Lesswire gli stava snocciolando gli ultimi rapporti ottenuti dalle forze in progressiva convergenza sul Nebraska, ma le notizie ottenute dalla quinta brigata di Pfennig non lasciavano sperare niente di buono nemmeno per una seconda offensiva: tra morti, dispersi e prigionieri, le perdite rasentavano il 100%, al punto che un solo ufficiale, il capitano Welsh, era riuscito a raggiungere le linee e a mettersi in contatto con il comando. Del resto, pur non essendo stati fisicamente presenti sul campo di battaglia, tutti avevano visto dati e immagini: non esisteva alcuna ragionevole speranza che una nuova offensiva, fosse anche dieci volte più massiccia, raggiungesse obiettivi degni di tale nome. Non osava dirlo ad alta voce, ma cominciava a temere che nemmeno impiegando tutte le truppe disponibili, avrebbero ottenuto qualcosa.

Chissà, forse utilizzando l'atomica… ma chi poteva garantire che un attacco nucleare non si sarebbe infine ritorto contro di loro?

«Ha capito, generale?»

La voce di Lesswire riportò Cheddar alla realtà contingente. Inutile fingere un'attenzione che non provava, mentre l'automobile si allontanava dall'abitato per entrare in una delle tante arterie esterne alla capitale federale. Il generale si ritrovò ad ammettere che effettivamente i suoi pensieri si erano mossi altrove, in ben altre e ben più gravi circostanze.

«Le ho detto che Washer ha fatto rapporto.» ripeté allora il colonnello «Le unità dal Minnesota e dal Kansas sono già in posizione. Stanno circondando il perimetro entro un raggio di cinquanta miglia. I comandanti riferiscono inoltre che l'evacuazione è in corso.»

«Bene.» si limitò a rispondere il generale, lo sguardo fisso davanti a sé. Avrebbe voluto aggiungere che, visti i risultati di Pfennig, era improbabile che sarebbe servito a qualcosa, ma si trattenne: il primo compito di un comandante è instillare fiducia nei suoi uomini, anche quando sembra che tutto sia perduto e persino quando le condizioni oggettive sono tutte nettamente contrarie. Si richiuse perciò nel suo silenzio, alla ricerca disperata di vie d'uscita che sembravano impossibili. Quasi non si accorse nemmeno che l'automobile, imboccato un tunnel come tanti, aveva svoltato verso una strada chiusa per lavori in corso, prossima ormai alla destinazione.

Quei segnali di lavori in corso erano però solo un camuffamento per un nuovo tunnel d'accesso, questa volta diretto al laboratorio. Solo quando l'autista fermò la macchina, segnalando così che erano arrivati, si ricordò che erano stati contattati direttamente dal professor Creekman: a dispetto di tutto c'erano delle novità, ed era opportuno discuterne di persona.

Speriamo che serva a qualcosa, pensò mentre slacciava la cintura, apriva la portiera e usciva dalla macchina. Ritornò ben presto assorto nei suoi pensieri, accorgendosi appena di aver lasciato il parcheggio sotterraneo per dirigersi, accompagnato da una piccola scorta, verso un ascensore che li avrebbe portati nel cuore del complesso, là dove Creekman aveva il suo ufficio e, soprattutto, dove si trovavano i laboratori.

«Ah, finalmente!» li accolse infine il professore, non appena furono introdotti in una piccola sala conferenze «Vi aspettavamo con ansia.»

«Non ne dubito, professore, ma al momento abbiamo altri problemi.» replicò Cheddar con un tono che, in un'occasione più mondana, sarebbe stato definito piuttosto sgarbato «La quinta brigata di fanteria è stata annientata e stiamo evacuando metà del Nebraska. I media stanno cercando di contenere il panico, ma la diffusione di notizie in rete non lascia sperare niente di buono.»

«Mi rendo conto che la situazione non sia delle migliori, tuttavia l'impresa del generale... com'è che si chiama? Pound, Shelling? Comunque sia, non è stata del tutto inutile.»

«No?»

C'era sarcasmo, nella voce di Cheddar. Un sarcasmo prevedibile e persino un tipo distratto come Creekman se ne rese conto. Invece di rispondere, tuttavia, gli sorrise sornione, portando lentamente la mano destra all'altezza del volto. Quindi, con fare non poco teatrale, schioccò sonoramente le dita.

A quello schiocco, una doppia porta verniciata di un bianco accecante si aprì ed entrò una piccola processione di tecnici in camice bianco. Il primo recava in mano un flauto traverso e subito lo seguivano altri due che trasportavano una specie di bersaglio da tiro a segno. Seguiva infine un piccolo gruppo che trasportava un carrello sul quale si trovava un'apparecchiatura bizzarra e probabilmente piuttosto pesante. Di base sembrava una lavatrice attaccata a un vecchio grammofono, ma cavi volanti da ogni parte e lucine colorate la qualificavano più come la macchina sterminatrice di un film del terrore in bianco nero.

Cheddar osservò con scetticismo l'intera processione che avanzava quasi liturgicamente verso Creekman. Osservò il direttore scientifico impugnare il flauto, mentre i tecnici sistemavano il bersaglio all'estremità opposta della sala conferenze. Osservò infine senza vera partecipazione gli altri tecnici che regolavano qualche indicatore sulla lavatrice psichedelica. Gli si accese tuttavia una scintilla d'interesse (e pure, inconfessato, un lanternino di speranza), quando la sua mente stanca collegò le tre cose insieme.

«Grazie ai dati raccolti dalla compianta quinta brigata di fanteria, abbiamo fatto grandi progressi nella realizzazione di questo prototipo.» cominciò Creekman, quando i preparativi ebbero termine «Ma una dimostrazione varrà più di mille parole. Prego, osservate.»

Ciò detto, il professore si volse verso il bersaglio, portando il flauto alle labbra. Quindi, con la stessa naturalezza di un solista davanti a un pubblico adorante, cominciò a suonare il tema dell'uccellino da *Pierino e il lupo* di Prokofiev.

Con l'eccezione dell'interesse da parte del pubblico, o al più la noia di una parte di esso, non sarebbe dovuto accadere nulla. Invece, via via che Creekman proseguiva nel tema, la lavatrice psichedelica si animava come un globo da discoteca, accendendo ora lucine rosse, ora verdi, ora azzurre. Finché un sibilo acuto non lacerò l'aria e in quel preciso istante, al culmine della frase, il bersaglio si frantumò in mille pezzi.

La briciola d'interesse che si era accesa in Cheddar si trasformò in uno stupore folgorante, nel momento in cui vide gli effetti di quella che, fino a prova contraria, era solo musica. Sgranò gli occhi stupefatto e si volse incredulo verso il professore. Questi, nel frattempo, si era volto di nuovo, ostentando un'espressione tranquilla e persino un po' soddisfatta.

«Immagino abbia qualche domanda, generale.» osservò, il tono leggermente ironico.

«Qualche domanda?» replicò Cheddar «Come… come…»

«Come è possibile?» completò per lui il professore «Grazie a questo meraviglioso gingillo.»

Come fosse un cane simpatico, Creekman carezzò la superficie metallica e irregolare dell'apparecchiatura. Non si concesse però il lusso di indulgere a lungo in quel piacere, nuovamente volgendosi ai suoi ospiti graduati.

«L'arma di Bachmann, signori.» disse «Beh, più o meno. Il nostro pittoresco avversario basa la propria azione su un sistema di compressione della radiazione acustica. Si tratta di concentrare una forma d'onda in…»

«In sintesi, professore.» intervenne Lesswire, prima che il rapporto si trasformasse in una lezione.

«Certo, certo, in sintesi.» sbottò Creekman con fastidio «Ebbene, in sintesi: uno suona uno strumento; il suono è trasmesso a questa apparecchiatura; la quale comprime la forma d'onda; quindi la dirige dove più si desidera. È chiaro?»

Il silenzio che seguì fu più eloquente di qualunque risposta. Creekman volse gli occhi al cielo, sospirando visibilmente, quindi si portò una mano alla testa e si massaggiò la capigliatura arruffata: come faceva a spiegare a un topo la geometria di Lobacevskij? Probabilmente il compito sarebbe stato più semplice.

«Qual è la differenza tra una lampada da salotto e un laser?» chiese infine «Il laser è luce concentrata. L'apparecchio di Bachmann fa una cosa simile, ma con il suono. È chiaro o devo fare un disegno?»

Dagli sguardi dei presenti, escludendo ovviamente il personale tecnico, si capiva facilmente che il disegno sarebbe stato cosa gradita. D'altra parte, il messaggio era chiaro: la musica aveva cominciato a uccidere.

«E… non c'è difesa, contro quest'arma?» azzardò Lesswire, forse solo perché il primo a riprendersi.

«Nessuna difesa tradizionale.» negò Creekman, scuotendo convintamente il capo «Il motivo è semplice: ogni oggetto intorno a noi è fatto di atomi, molecole e strutture superiori. Come la struttura di un diamante, per esempio. Il sistema manda in risonanza queste strutture e poi le manda in pezzi. Dovremmo sviluppare delle corazze amorfe, per difenderci, e non c'è il tempo nemmeno di imbastire lo studio.»

«Questo vuol dire che non...»

«Non ho detto questo.» riprese Creekman, intuendo il seguito dell'obiezione «Non ho detto in assoluto che non c'è speranza. Ho detto che non c'è speranza con i metodi tradizionali. Ma mi ascoltate, quando parlo?

«Professore, noi...»

«Certo, certo, è ovvio! Voi siete militari, io sono solo il direttore della sezione ricerca e sviluppo, che cosa ne so? Comunque, tornando a noi, il solo modo che abbiamo per combattere Bachmann e la sua orchestra è schierargli contro una seconda orchestra. Questo flauto è appunto un prototipo. In questo stesso momento, la sezione ricerca sta mettendo a punto un limitato numero di altri strumenti, con cui potremo contrapporci a Bachmann. Sono sicuramente meno efficienti, rispetto a suoi, tuttavia...»

«Tuttavia questo ci dà una possibilità!» esclamò Cheddar, ormai dimentico di tutte le sue cupe previsioni «Magnifico, professore! Entro quando potrà consegnarci gli strumenti?»

«Come ho già detto, sono attualmente in preparazione.» rispose Creekman «Potremo assemblarne una trentina nel volgere di qualche ora.»

«Solo una trentina?» chiese, con fare scettico, Lesswire.

«Ci sono alcune componenti molto rare.» replicò piccatamente il professore, volgendosi quasi con sdegno verso il colonnello «E l'assemblaggio stesso è quanto mai delicato. Se vuole che ne produciamo di più, dovrà aspettare almeno qualche giorno.»

«Professore, noi non abbiamo qualche giorno.» insistette, altrettanto piccatamente, il colonnello.

«Appunto.»

Tanto bastava a porre la parola fine alla questione. Del resto, si trattava di una divagazione ben poco interessante, soprattutto ora che c'era finalmente un mezzo per battere o almeno per affrontare Bachmann. Tutto ciò che bisognava fare era selezionare gli uomini migliori, prepararli e spedirli immediatamente in Nebraska... se avessero avuto fortuna, ce l'avrebbero fatta.

«Ce ne sono comunque abbastanza per un'operazione di contenimento.» decise Cheddar, ormai ritornato completamente ottimista «In ogni caso, provvediamo ad assemblare nuove unità e... ah, non dimentichiamo i nostri alleati. Trasmettete anche a loro le nostre informazioni sull'arma: quanti più saremo, tanto meglio sarà.»

«Generale, lo ritiene opportuno?» obiettò Lesswire, evidentemente scettico «Si tratta di dati militari e... »

«Non siamo solo noi ad essere in pericolo.» lo troncò l'altro di netto «Comunque, ne parlerò al presidente: vedrà lui se autorizzare o no l'operazione.»

Così quietate le obiezioni di Lesswire, Cheddar si volse nuovamente verso Creekman. Il suo tono non mancava di marcare la difficoltà del momento, ciò nonostante era forte e deciso.

«Lei faccia più in fretta che può, professore.» disse «Noi, intanto, sceglieremo gli uomini migliori.»

Ciò detto, fece per voltarsi e lasciare la sala conferenze, tornando al Pentagono da dove era venuto, quando il professore lo trattenne: le buone notizie le aveva date, ma, per onestà intellettuale e deontologica, doveva annunciare anche quelle cattive.

«C'è solo un problema, in tutto questo.» disse «Quasi me ne dimenticavo… si tratta di questo.»

Parlando, indicò con il flauto un punto sulla lavatrice elettronica, là dove qualcuno sembrava aver aggiunto uno strumento inizialmente non previsto. Nell'aspetto sembrava una radiolina trasmittente, un walkie-talkie dei bambini, tenuto insieme al resto dell'apparecchiatura con una striscia di nastro adesivo. Una lucetta rossa pulsava ritmicamente sulla sua sommità, come l'occhio maligno di un Polifemo elettronico.

«Quello?» chiese Cheddar, inarcando un sopracciglio «Che significa, professore?»

«Questo è il circuito di trasmissione.» spiegò Creekman «Dal compressore all'emittente effettiva, in questo caso l'altoparlante di un grammofono. Il nostro prototipo originale aveva un cavo di trasmissione.»

Gli sguardi dei presenti in uniforme rimasero vacui e interrogativi, incerti su come procedere. Creekman dovette rendersene conto, così accettò di procedere a un intervento esplicativo, a pieno beneficio dei militari.

«Un cavo.» ripeté «Il segnale poteva essere trasmesso solo tramite impulsi elettrici. Ma, studiando i dati, il mio collega il dottor Blanket ha capito che Bachmann utilizza un sistema di trasmissione codificata, per cui…»

«Professore, per favore, sia sintetico.» lo redarguì Lesswire, ormai abituato a fare il maestrino dalla penna rossa. «Venga al punto.»

«Ci sto arrivando, ci sto arrivando!» sbottò Creekman «Il punto è che Bachmann era più avanti di noi. Con i suoi strumenti non ha alcuna limitazione fisica e può lanciare non solo attacchi diretti, ma anche telematici.»

«Questo lo sapevamo già, professore.» replicò il colonnello «Dal Nebraska a Nuova York...»

«No, non ha capito.» l'interruppe Creekman, con un gesto infastidito della mano «Dottor Blanket, vuole spiegare lei?»

«È presto detto, professore.» intervenne l'interpellato, in tono accademico «Con questo strumento, il segnale passa dal compressore all'altoparlante senza alcun collegamento fisico. Quando Bachmann ha attaccato Nuova York, credevamo che si fosse fisicamente collegato alla rete telefonica: gli era sufficiente convertire il segnale acustico in elettrico e poi riconvertirlo in acustico con un altoparlante. Semplice e pulito. Ora, questo è senz'altro più conveniente, ma...»

«Più conveniente?» l'interruppe il colonnello, aggrottando la fronte «Cosa intende?»

«È stato inventato prima il telegrafo o la radio? Comunque sia, il punto è che Bachmann non ha bisogno di alcun mezzo fisico: wireless, Lesswire. Con il circuito di trasmissione può trasmettere un'onda radio e collegarsi a qualunque emittente. Gli basta un solo ripetitore, un solo satellite, et voilà, il gioco è fatto.»

Di fronte a quella esplicazione così brutale, nessuno osò rispondere. Nella sala si udì per qualche momento solo il ronzio sommesso del condizionatore, mentre tutti i volti impallidivano via via che aumentava la consapevolezza delle implicazioni di quanto il dottor Blanket aveva esposto. Ci volle quasi un minuto perché qualcuno trovasse il coraggio di parlare.

«Questo...» mormorò Cheddar «Questo significa che...»

«Questo significa che Bachmann può inserirsi in qualsiasi trasmissione radio o televisiva, persino in rete, e da lì colpire il bersaglio che preferisce. Non basta isolarlo dalla rete fisica, per sconfiggerlo.»

Ora che Blanket era stato esplicito, continuare a sperare non era più permesso. Più d'un volto si fece di cera, qualcuno portò le mani alla gola, come se soffocasse. Che altro bisognava aggiungere?

«Ha... ha idea di cosa significhi?» chiese infine Lesswire, balbettando appena.

«Ho paura di sì.» rispose Blanket «Bisogna chiudere tutte le trasmissioni, tutte le stazioni radio e televisive, spegnere i ripetitori. Almeno finché non saremo venuti a capo anche di questa minaccia.»

In quelle parole c'era abbastanza materiale per prostrare un'intera legione di deputati e senatori: quante dittature avevano cominciato in quel modo, magari proprio per affrontare uno stato d'emergenza? Anche i militari non ne furono immuni, ma, se non altro, riuscirono perlomeno a non perdere il controllo. Primo fra tutti Cheddar: per quanto scosso, infatti, riuscì a mantenersi un contegno.

«Molto bene.» si limitò a commentare, gli occhi ridotti a due fessure e la voce dura e sibilante «Se dobbiamo farlo, allora facciamolo. Lei ci porti gli strumenti, professore. Al resto penseremo noi.»

Non aggiunse altro. Seguito da Lesswire e dal suo seguito, lasciò la sala conferenze per tornare al parcheggio e alla macchina. Mentre passava all'ascensore, recuperato il proprio sangue freddo, estrasse il telefono e compose un numero.

Mezz'ora dopo, l'ordine irrevocabile era sulle scrivanie delle direzioni della CNN, di Fox News e di tutte le emittenti, principali o secondarie che fossero: in forza della situazione d'emergenza e vista la sicurezza nazionale…

«… tutte le trasmissioni radiotelevisive sono sospese fino a nuovo ordine.» terminò di leggere lo speaker della Fox, come tanti suoi colleghi in altre reti, di fronte a milioni di spettatori attoniti «I ripetitori dovranno essere spenti. Nessuna ulteriore comunicazione telematica sarà possibile, se non autorizzata espressamente dal comando delle forze armate. Simili provvedimenti sono previsti anche per la rete telefonica e per internet. Sono parimenti interrotte tutte le trasmissioni satellitari, nonché le comunicazioni da e verso l'estero. Il governo assicura che la misura è assolutamente temporanea e che sarà immediatamente revocata al termine della minaccia corrente. Il presidente invita i cittadini americani, invito cui si associa in pieno tutta la nostra redazione, a mantenere la calma.»

VII

Primo canale, neve. Nuovo canale, neve. Ultimo canale, ancora neve. La musica, giusto per restare in tema con sé stesso, era monotona quanto un brano dei Bee Gees: ogni volta che cambiava canale con il telecomando, il nuovo canale faceva neve. Non c'era davvero modo di trovarne uno che trasmettesse qualcosa? Non pretendeva che la televisione americana fosse così colta ed evoluta da trasmettere *La vita e le opere di Franz Schubert in 712 puntate* (che sceneggiato meraviglioso! Peccato che la produzione si fosse interrotta alla puntata sedici); ebbene, non pretendeva tanto, ma almeno un notiziario avrebbero potuto ben mandarlo in onda. E invece, niente! Per quanto votato alla sopportazione, quel silenzio insistente cominciava a fargli perdere la pazienza.

Infastidito, Bachmann spense il televisore con un moto di stizza, quindi gettò lontano da sé il telecomando. Mosse allora verso il computer, muovendo il mouse sul suo tappetino: se non poteva guardare la televisione, avrebbe provato con internet, sperando che qualche anima pia avesse caricato le sedici puntate di cui sopra. Mentre accedeva alla rete, un angolo della sua mente pensò che avrebbe dovuto imporre, tra le altre condizioni, di produrre anche le restanti 696 puntate dello sceneggiato su Schubert... in fondo si trattava di un'operazione culturale di alto livello e per di più affine a quanto già richiedeva. Sì, si disse, probabilmente l'avrebbe fatto.

Concluso con sé stesso l'inasprimento delle condizioni, riportò la realtà contingente del suo pensiero sullo schermo. Ma questo continuava a caricare la pagina iniziale, senza giungere a un dunque. Dapprima Bachmann si limitò ad attendere, poi cominciò a tamburellare con le dita sul tavolo e infine, spazientito, controllò lo stato della connessione: ma della connessione non c'era traccia.

Constatato che non poteva nemmeno utilizzare internet, cominciò a bofonchiare tra sé brutte parole che la decenza suggerisce di non riferire. A quanto sembrava, i mezzi di comunicazione gli avevano dichiarato guerra! Pazienza, disse a sé stesso allontanandosi indispettito dal computer: voleva dire che avrebbe suonato. Almeno il suo meraviglioso violino di scuola cremonese non l'avrebbe tradito, rifiutandosi anch'esso di collaborare. Avrebbe passato il tempo nella sua ultima composizione, *Centoventi variazioni per violino sul secondo movimento (adagio) del terzo concerto brandeburghese BWV 1048*. L'esecuzione completa l'avrebbe tenuto impegnato per l'intero pomeriggio, ma per quel momento potevano bastare anche le sole prime dieci variazioni.

Stava appunto per verificare l'accordatura dello strumento, dopo averlo estratto dalla sua pregiata custodia di feltro, quando sentì freneticamente bussare alla porta. Se non avesse avuto in mano il violino, ma il collo di un suo sottoposto, non avrebbe esitato a stringere la presa; così, invece, si limitò a porre lo strumento sul proprio candido letto, avviandosi poi verso la porta con sommo fastidio: nemmeno nei propri alloggi poteva avere pace!

«Si può sapere che c'è?» chiese, cercando di infondere nella voce tutto lo sdegno che la sua maschera non poteva esprimere «Mi stavo dedicando all'arte e voi…»

«Mi perdoni, maestro, se ho osato disturbarla.» l'interruppe con fare umile e sottomesso uno dei suoi sgherri, rigorosamente, come tutti, in frac nero con panciotto bianco «Ma ci sono questioni che richiedono la sua immediata presenza.»

«La mia immediata presenza? Che significa?»

«Abbiamo perso ogni contatto con la rete telefonica.» spiegò l'orchestrale, mentre Bachmann, uscendo, tratteneva i lembi del mantello per evitare che questo svolazzasse ovunque «Non riusciamo a collegarci.»

«Era prevedibile che l'avrebbero fatto.» sbottò il capo, con aria di disprezzo e sufficienza «E mi disturbate per una sciocchezza del genere?»

«Non avremmo mai osato, maestro.» assicurò lo scagnozzo «Ma non riusciamo a collegarci nemmeno a internet. Devono avere staccato anche quello.»

«Ah.»

La cosa, in effetti, meritava un momento di riflessione: avevano dunque scoperto il modo alternativo in cui poteva lanciare attacchi a distanza? Che avessero scoperto anche il suo punto debole? I dubbi lo assalirono, ma subito lo rilasciarono: perché, se anche i suoi nemici avessero capito tutto, nulla avrebbero potuto per sconfiggerlo in un assalto diretto. Potevano evacuare il territorio, certo, ma non potevano fuggire per sempre.

«Non è un problema.» decise infine, ostentando un tono deciso «Questo potrà forse rallentare i nostri piani, ma certamente non potrà fermarli. Dovranno ripristinare la rete, prima o poi.»

«Su questo non vi sono dubbi, maestro, ma più passa il tempo e più aumenterà la loro capacità reattiva.» osò obiettare l'uomo in frac nero con panciotto bianco «Naturalmente quello che conta è il suo giudizio, ma pensa che sia opportuno rischiare?»

Anche questa era un'osservazione valida, rifletté Bachmann tra sé. Per quanto la cosa lo infastidisse, doveva ammettere che i nemici suoi e dell'armonia avevano segnato un punto a loro favore: sarebbe stato ben difficile, adesso, contrattaccare e mettere in atto la sua minaccia. D'altro canto, non aveva ancora esaurito tutte le alterazioni nella sua chiave.

«Ci collegheremo a un satellite canadese.» decise «Un attacco dimostrativo a Toronto, appena al di là del confine e quindi ben visibile anche da queste parti, dovrebbe essere sufficiente a ricordare ai nostri avversari che non ci hanno battuto. Nel frattempo...»

Si interruppe, portando le dita delle sue mani a sfiorarsi all'altezza del petto. L'espressione della sua maschera era rimasta immutata, ma nella voce era possibile leggere una perfidia diabolica.

«Sì, maestro? Nel frattempo?»

«Nel frattempo, avanzeremo verso Lincoln e Omaha. Se non possiamo farci valere in un modo, lo faremo in un altro.»

«Intende...»

«Intendo.» confermò Bachmann «Attaccheremo direttamente. Capiranno che non si può sfidare impunemente il futuro dittatore unico di Artide, Antartide e Isola di Pasqua!»

«Ma la base può muoversi solo lentamente!» obiettò ancora lo scagnozzo «Ci vorranno giorni, per arrivare sull'obiettivo.»

«Forse abbiamo fretta?» replicò Bachmann «Ma non preoccupatevi, il raid sarà solo un'operazione secondaria. Il grosso è comunque l'intervento a Toronto; e poi, dopo il Canada, ci volgeremo al Messico, all'Inghilterra, alla Francia, alla Cina... finché il maledetto rock, l'infimo pop e l'immondo beat non saranno cancellati dalla faccia della terra. Ed ora va': partiamo immediatamente.»

Meno di venti minuti dopo, gli uccelli che sorvolavano il Nebraska occidentale poterono assistere a un raro spettacolo: tre giganteshe uova metalliche si mossero sul terreno, tra alberi radi e colline ondulate. Non facevano più di dieci chilometri l'ora, ma il loro moto era inarrestabile: tutto ciò che si trovava sul loro cammino era inesorabilmente abbattuto, non dalla loro mole, ma dalla languida melodia di un theremin che una solerte vedetta, in prua del primo uovo, era sempre pronta ad eseguire.

Non solo gli uccelli videro ciò che succedeva: anche i militari, nel ridotto insieme di comunicazioni che avevano mantenuto, poterono accorgersi che qualcosa non era più come prima e che la base di Bachmann si stava muovendo. Lentamente, certo, ma si stava muovendo.

Le truppe sul campo ricevettero prontamente l'ordine di arretrare, uniformandosi alla velocità del nemico. Washer non aveva tuttavia ancora deposto il telefono, uno dei pochissimi ancora funzionanti, che subito squillò quello di Lesswire: brutte notizie avanzavano dal Canada.

«Pare che una pioggia di fuoco abbia distrutto mezza Toronto.» concluse Lesswire, nel riferire al generale Cheddar «I rapporti sulle vittime sono tuttora incerti. Il governo canadese ha proclamato lo stato d'emergenza nell'Ontario e...»

«Il governo canadese farebbe meglio a seguire il nostro esempio.» replicò Cheddar, passandosi una mano sulle tempie ormai sterili «Contatti la casa bianca: suggerisca al presidente di suggerire al nostro ambasciatore che suggerisca a Ottawa di interrompere tutte le trasmissioni. Senza di esse, Bachmann può colpire solo con un attacco diretto.»

«Provvederò, signore.» assicurò il colonnello «Tuttavia...»

«Tuttavia?»

«Se ha colpito il Canada, può collegarsi a un satellite e colpire il Messico o l'Inghilterra o chissà dove.» spiegò il colonnello «Dovremmo informare i nostri alleati del pericolo.»

«Lo ritiene opportuno, colonnello?»

«Non siamo noi, i soli a rischiare, signore.»

L'obiezione di Lesswire era sensata, ma gettò lo stesso un certo grado di silenzio, nella sala di controllo. Nessuno ovviamente si sognò di far notare alcunché, né del resto alcuno vi pose un pensiero; primi fra tutti, i due protagonisti.

«D'accordo, informi la casa bianca anche di questo.» decise infine Cheddar «Piuttosto, qual è lo stato attuale di Toccata & Fuga?»

Nonostante i disastri del primo assalto, il generale non aveva voluto cambiare la denominazione delle operazioni. Tuttavia, almeno su questo fronte, Lesswire poteva portare buone notizie: una squadra selezionata tra i migliori elementi delle forze speciali era già stata equipaggiata con gli strumenti forniti dal professor Creekman ed era in volo verso il Nebraska. Gli uomini avevano avuto poco tempo per addestrarsi, ma il funzionamento dei compressori acustici era così semplice che sarebbe riuscito a capirlo anche un bambino. Entro un'ora sarebbero stati sul teatro delle operazioni e, se tutto fosse andato bene, avrebbero assestato a Bachmann un colpo mortale.

«Bene.» si limitò a commentare Cheddar, annuendo pesantemente «Bene. Incrociamo le dita, colonnello. Bachmann avanza nel terrore e a noi restano ormai ben poche possibilità di fermarlo. Quell'uomo avanza e noi ci ritiriamo. Distrugge città ed eserciti e noi ci ritiriamo. Adesso basta: lo dobbiamo fermare qui, impedirgli di andare oltre. E io… insomma, ha capito. Coraggio, torniamo al lavoro.»

VIII

«Roger, ci portiamo sul bersaglio. Capitano Eland, chiudo.»

Il capitano I.R. Eland della prima divisione marines spense la radio, lasciando la cabina di pilotaggio dell'aereo militare per tornare verso il retro della carlinga. Là gli uomini erano in attesa di essere impiegati sul campo, intenti negli ultimi controlli: solo che, invece di valutare l'efficienza dei rispettivi fucili d'assalto, AK47 o Kalashnikov che fossero, stavano controllando che trombe e flauti fossero ben assemblati e pronti.

In effetti, il comando aveva fornito loro ben strani ordini: invece di attaccare con armi tradizionali, avrebbero dovuto ricorrere a strumenti musicali e combattere contro altri strumenti musicali. La situazione sarebbe stata ridicola, se non fosse che invece era drammatica.

«Il bersaglio si sta spostando.» annunciò il capitano «Muove in direzione ovest sud-ovest a una velocità di circa sei, sette miglia all'ora. Cambia il punto d'intercettazione, ma non cambiano tutti gli altri ordini. Lo schema della missione rimane fissato. Ci sono domande?»

«Solo una, signore.» intervenne, con fare beffardo, uno dei soldati «Secondo lei sarà più efficace il corno inglese o il clarinetto in si bemolle?»

83

«Brian!» sbottò il sergente della squadra, facendo per avventarsi sul soldato impertinente. Bastò un gesto del capitano, tuttavia, a bloccare la rappresaglia sul nascere.

«È tutto a posto, sergente Wilson.» assicurò il capitano «Ebbene, recluta, sappi che da come saprai usare il corno inglese o il clarinetto in si bemolle dipenderà la tua pelle. Quindi soffiaci dentro e non pensare ad altro, capito?»

Umiliato dalla franchezza del comandante, che invece di redarguirlo era stato al suo gioco, il soldato non osò ribattere. Eland, visto che tutto andava come doveva e che nessuno aveva più intenzione di fare lo spiritoso, si limitò ad annuire.

«Prenderemo contatto con il nemico entro un'ora.» disse «Quando saremo sul posto, non potremo tornare indietro come se fossimo al cinema. Non dimenticatelo.»

E come potevano dimenticarlo? Nessuno tuttavia gli rispose e anche il capitano si chiuse nel silenzio: quelle furono le ultime parole pronunciate per il resto del viaggio, mentre l'aereo si avvicinava al Nebraska orientale, ormai in fibrillazione, e si preparava all'atterraggio. Da lì in poi, oltre le linee e fino alla base nemica, avrebbero proseguito con i mezzi blindati.

L'aeroplano atterrò come previsto e subito, dal suo portellone posteriore, sgusciò ad alta velocità il blindato che doveva portare la squadra fin sul teatro operativo. Quando Eland si fu assicurato che tutto era in ordine e che il mezzo ormai procedeva, ritenne opportuno comunicare al comando gli sviluppi.

«A momenti avremo superato la prima linea.» riferì, dopo le informazioni di rito «Da quel momento, dieci minuti per entrare in contatto con il nemico. Confermo black out audio totale.»

«Molto bene, Corvo predatore.» assicurò in codice la voce di Washer, all'estremo opposto della comunicazione «Ti seguiamo sui monitor. Procedi come stabilito. Buona fortuna.»

Nel Nebraska, Eland allontanò da sé il microfono della trasmittente, concentrandosi sull'operazione: ormai stava per entrare nel vivo e gli uomini dovevano essere pronti e tesi. Egli stesso, un po' per dare l'esempio e un po' per trarne a sua volta prontezza e tensione, strinse con maggior forza il piffero con cui avrebbe combattuto.

A Washington, deposto il telefono, in quello stesso momento Washer informava il comandante dell'evolversi della situazione. Stava appunto dicendo che entro dieci minuti la squadra avrebbe preso contatto con il nemico, quando le porte della sala di controllo si aprirono e, sorpresa delle sorprese, lasciarono comparire il professor Creekman assieme a un piccolo seguito.

«Professore.» lo accolse il generale «Non l'aspettavamo. Come mai anche lei qui?»

«Ho pensato che fosse una buona idea controllare di persona lo svolgimento delle operazioni.» spiegò l'altro con naturalezza «Acustica contro acustica, questa è la prima volta. Dico bene?»

«Indubbiamente, ma…»

«Potremo ricavare molte informazioni interessanti, da questo scontro.» insistette il professore «Non potevo certo perdermelo.»

Creekman non poteva perdersi lo spettacolo e Cheddar non poteva rifiutarsi di accoglierlo. In teoria avrebbe anche potuto, essendogli superiore in autorità, ma nella pratica non lo ritenne opportuno. Così, facendo il proverbiale buon viso al proverbiale cattivo gioco, gli indicò cortesemente una delle poltrone libere intorno al grande tavolo da riunione.

«Hanno già cominciato l'avanzata, a quanto vedo.» commentò Creekman, accomodandosi «Almeno se devo credere a quel puntino lampeggiante sulla mappa del Nebraska.»

«Stanno per prendere contatto con il nemico.» confermò Cheddar «Ma hanno già superato la prima linea, stiamo solo ricevendo le loro registrazioni. Per ragioni di sicurezza, ogni contatto radio è stato interrotto.»

«Un peccato, non mi sarebbe dispiaciuto ascoltare la battaglia, più che osservarla.» sospirò il professore «Due orchestre che si scontrano devono essere un bello spettacolo.»

«Può darsi, ma noi non abbiamo mandato un'orchestra.» replicò Cheddar «Abbiamo mandato una squadra che possa chiudere questa faccenda.»

«Certo, certo. Ma è la stessa cosa, no? In fondo… aspetti un attimo, generale. Che diavolo intende dire?»

Sul volto di Creekman si era succeduto, nel volgere di pochi istanti, l'intero spettro emotivo: da una gioviale soddisfazione era passato attraverso il sospetto e il dubbio atroce, fino a deformarsi in una maschera d'inquietudine e pure un poco venata di rabbia.

Sui volti di Cheddar, di Lesswire e di tutti gli altri, invece, si dipinse un velo di sorpresa: sapevano che il professore era un po' strano, ma fino a quel punto? Alla fine fu proprio il colonnello, quantunque ancora incerto, a rompere il silenzio.

«Che intende lei, professore?» chiese.

«Gli uomini.» cominciò l'altro, le labbra che tremavano visibilmente «Che uomini avete inviato?»

«Ma, professore...»

«Gli uomini!» strillò Creekman in una voce stridula.

Nuovamente scese il silenzio, ma questa volta non durò che un attimo. Cheddar si riprese quasi subito e quasi subito rispose:

«Abbiamo fatto una selezione dei nostri migliori combattenti.» rispose «Chi proviene dai Navy Seals, chi...»

«Ma come avete potuto!» sbottò ancora Creekman, scattando in piedi «Si può essere più idioti? Voi...»

Dopo quella fiammata, esattamente come una ciotola di polvere da sparo, si quietò subito. Anzi, sarebbe meglio dire che si accasciò letteralmente, inerte, sulla poltrona. Quando riprese a parlare, i suoi capelli si erano fatti un po' più grigi e i suoi occhi brancolavano nel nulla.

«Mi scusi, generale.» disse «Ero fuori di me. Ma adesso bisogna pensare alla squadra: deve richiamarla subito!»

«Professore...»

«Per l'amor del cielo, la richiami!»

«Washer!»

Senza attendere ulteriori spiegazioni, il generale aveva dato un ordine. A quel punto, anche i suoi sottoposti dovevano mettere da parte i dubbi e limitarsi a eseguire.

Il maggiore si incollò al suo apparecchio, cercando di mettersi in contatto con Eland e la squadra. Tentò anche di contattare la gestione satellitare, perché fosse riaperto un collegamento diretto con il capitano, ma ogni sforzo risultò vano: potevano ricevere in video, ma non trasmettere in audio.

«Continui a provare.» insistette Cheddar, la voce e l'espressione dura; quindi, volgendosi al professore, aggiunse «Ed ora, si può sapere che sta succedendo?»

Creekman tacque, dividendo il suo sguardo tra gli inutili tentativi del maggiore Washer e gli schermi che riportavano le immagini trasmesse dalla squadra. Solo video, niente audio. Ma non avrebbe avuto alcuna importanza, se Washer non fosse riuscito nel suo intento.

«Professore.» lo riscosse nuovamente Cheddar «Si può sapere che sta succedendo?»

A quelle parole, Creekman volse il capo in alto, là dove il generale continuava a persuaderlo. Poi però lo volse nuovamente in basso, lasciandolo ciondolare tra le spalle con aria sconsolata.

«Ormai…» disse «Lo capirete presto.»

Quelle parole risuonarono come una profezia oscura e sibillina, nella stanza immota e silenziosa. Il solo rumore percepibile, oltre al ronzio delle apparecchiature e dei computer, era la voce di Washer che cercava disperatamente di contattare la squadra.

La squadra in questione, intanto, aveva ormai varcato la prima linea, avvicinandosi sempre più al luogo in cui era segnalata la presenza del nemico. Gli uomini avrebbero compiuto l'ultimo tratto a piedi, attaccando gli orchestrali con un fuoco di fila. Non c'era stato tempo per preparare un piano elaborato, ma, dotati sia di strumenti, sia di armi convenzionali, avrebbero avuto probabilmente la meglio.

«Ok, qui va bene.» decise Eland, rivolto al soldato alla guida, non appena ritenne di essersi avvicinato a sufficienza «Resta in attesa e sii pronto a dartela a gambe. Comunque vada, voglio andarmene il più rapidamente possibile.»

«Ricevuto, signore.» confermò l'uomo.

«Bene. E adesso, ragazzi, tocca a noi.»

Avrebbe voluto aggiungere qualcosa come: «Musica, maestro!», ma non gli sembrò opportuno. Si limitò pertanto ad abbassare il portellone posteriore, guidando la squadra mentre questa usciva dall'autoblindo per muoversi celermente in avanti, là dove Bachmann stava spostando la propria base mobile.

In condizioni ordinarie, una simile operazione sarebbe stata condotta impugnando i fucili d'assalto, carichi e pronti al fuoco. In quell'occasione, invece, i soldati impugnavano tutti uno strumento, chi un flauto, chi un corno, chi persino un banjo, pronti più a un'esecuzione bandistica che a un'azione sul campo. Onestà impone di riferire che Eland si sarebbe sentito coperto d'imbarazzo, se non gli avessero preventivamente spiegato e mostrato l'efficacia di quegli strumenti.

«Attenzione ai compressori!» ordinò nel microfono, mentre avanzava avanti a tutti, alla ricerca dell'obiettivo. Da quei compressori, infatti, dipendeva una differenza tra ala vita e la morte, poiché erano quei compressori a trasformare normali strumenti musicali in armi decisive.

Secondo le informazioni ricevute dal comando, avrebbero dovuto intercettare delle imponenti strutture metalliche. Eland si stava chiedendo dove mai fossero dette strutture, quando la sua domanda trovò risposta da sola.

Di fronte a loro, quasi d'improvviso oltre una piccola fila di pini, si manifestò lo spettacolo grandioso di tre uova meccaniche che avanzavano lentamente sul terreno. In realtà non si trattava certo di uova, quanto piuttosto di mezzi di trasporto non dissimili da un camion, solo dal profilo incurvato e dalla stazza nettamente maggiore. Comunque fosse, ed era questa la cosa importante, sulla loro identità non potevano esserci dubbi.

«Ok ragazzi, ci siamo.» annunciò il capitano, nel microfono della trasmittente «All'attacco!»

Secondo i rapporti, avrebbero fatto meglio a colpire uno dei mezzi minori, là dove si esibiva l'orchestra. Eland aveva in effetti il dubbio di quale fosse, tra i due, ma anche quel dubbio fu prontamente fugato: uno dei mezzi minori, infatti, abbandonò la rotta della carovana, dirigendosi appunto contro di loro. Dieci a uno, scommise tra sé e sé, che fosse quello.

«Fuoco al comando.» ordinò, sempre nella ricetra-
smittente. Quindi volse nuovamente gli occhi al mezzo
biancastro, scrutando per trovare il sipario che scivolava
via, come descritto nei rapporti. Anche in questo, tempo
pochi istanti e non rimase deluso.

Lentamente, vide una cortina ritrarsi a circa metà della
parete del mezzo. Indubbiamente si trattava della paratia
incriminata e, altrettanto indubbiamente, dietro di essa si
celava l'orchestra. Attese solo qualche istante per esserne
certo e non sprecare colpi e poi, non appena vide i primi
orchestrali già impeccabili nel loro frac nero con panciotto
bianco, urlò nella trasmittente un'unica parola:

«Fuoco!»

Al comando, l'intero drappello impugnò i propri strumenti di musica e di distruzione insieme e si peritò in una
scarica da veri professionisti: i flautisti soffiarono nei flauti,
i cornisti nei corni, i trombettisti nelle trombe, gli oboisti
negli oboi e via dicendo. Un coro di cinguettii sonori e di
barriti d'ogni specie lacerò l'aria, come e se gli uccellini gen-
tili di Biancaneve o Cenerentola avessero lasciato il posto a
una compagnia di uccellacci infernali. Per alcuni secondi il
fuoco fu così fitto che, se fosse stato di armi convenzionali,
gli uomini avrebbero svuotato uno o due caricatori almeno.
Eppure, quel fuoco di fila non ebbe alcun effetto.

La superficie del mezzo avversario non restò scalfita, il
sipario continuò a scivolare via come se nulla fosse e nessuno degli orchestrali sembrò nemmeno scomporsi. Agli
occhi increduli di Eland e dei suoi uomini, semplicemente,

la scena proseguì come se quella scarica non fosse mai esistita.

Si interruppe naturalmente, senza bisogno di alcun ordine, quando il capitano e i suoi uomini videro che non c'era effetto. Eppure avevano soffiato nei loro strumenti con quanto fiato avevano in gola, li avevano percossi con tutta la forza nelle loro mani: perché adesso non funzionavano, mentre l'addestramento non aveva lasciato dubbi? Perché…

«Capitano, guardi!»

Il grido di uno dei soldati non permise a Eland di indulgere ulteriormente in quelle riflessioni. Il sipario si era ormai alzato, il direttore si era rivolto al pubblico con un inchino cerimonioso e già stava per attaccare. Bisognava inventarsi qualcosa immediatamente, se non volevano finire tutti come la quinta brigata di fanteria.

«Continuate a suonare!» ordinò infine: forse non era la cosa più giusta da fare, ma non c'era tempo per darsene pensiero.

Una nuova scarica partì dagli strumentisti, ma una volta di più si risolse in un nulla: ognuno suonò come poté, in una selva di suoni e di rumori non dissimile da quella che doveva avere incontrato Dante al settimo cerchio dell'inferno. Ognuno mirò contro uno degli orchestrali, ma il solo risultato fu di ritardare di qualche momento l'inizio dell'esecuzione: perché lo stesso direttore d'orchestra, evidentemente divertito, si volse verso i marines per godersi lo spettacolo.

Anche la seconda scarica non produsse effetti, se non del tutto irrisori. Oltre alla già citata traslazione temporale, non è da meno ricordare i fischi (sì, i fischi!) che gli orchestrali si permisero di indirizzare alla volta dei soldati. Qualcuno sembrò gridare dei «Vergogna!» o «Via i campanacci!» o cose anche peggiori e dunque irriferibili. In capo a pochi secondi, tuttavia, il direttore levò di scatto le mani e ogni commento si interruppe: il gioco era finito.

Agitando in alto e in basso, a destra e poi a sinistra la bacchetta, nell'atto di dare il tempo, il direttore diede il via alle danze. E di danze è opportuno parlare, poiché l'orchestra cominciò con una versione spumeggiante dello *Schatzwaltz* di Strauss. Quell'allegro tre quarti investì in pieno la squadra e a poco o nulla valsero i tentativi dei soldati di proteggersi: la loro musica si accavallava e si sovrapponeva e il solo effetto era di annichilire ogni difesa e lasciar passare senza complimenti l'onda nemica.

Subito due marines furono colpiti e abbattuti: uno già morto, l'altro ferito e urlante di dolore. Anche gli altri componenti della squadra non stavano meglio e presto, quando l'orchestra fosse entrata nel pieno della sua azione, ogni cosa sarebbe potuta succedere.

«Ripiegare!» ordinò il capitano «Indietro, indietro!»

Intorno a sé, ormai, Eland vedeva solo il panico montare. Gli uomini non vi avevano ancora ceduto, ma il suo ordine era stato eseguito in maniera così precipitata e caotica che non si poteva dubitare della loro reale condizione. Presto avrebbe dovuto ordinare definitivamente la ritirata e allora i suoi avrebbero cominciato a fuggire senza ritegno: che bell'onore avrebbe dato loro quella battaglia!

Eppure non era possibile: avevano assistito alla dimostrazione prodotta dalla sezione scientifica e avevano essi stessi affrontato alcune prove. Per parte sua, aveva suonato distintamente un sonoro fa con l'oboe. Perché invece, adesso...

Pur avendo ordinato un ripiegamento, si volse di scatto verso il massiccio mezzo bianco che avanzava e verso l'orchestra di morte che continuava allegra a diffondere le sue note viennesi. Portò le dita in posizione, proprio come durante il briefing e soffiò con forza nell'ancia: un sonoro fa, proprio come gli avevano detto di fare. Anche questa nota non durò che alcuni secondi, ma, se si interruppe, fu per la sorpresa.

Questa volta, infatti, raggiunse l'obiettivo. Non che producesse chissà che danno: colpita da quel fa, una porzione del sipario volò letteralmente via, contorcendosi in un gemito metallico.

Anche gli orchestrali ne restarono sorpresi, al punto che qualcuno si volse con stupore, qualcun altro sgranò gli occhi e qualcuno addirittura smise per un istante di suonare. Allora... allora gli strumenti funzionavano!

«Cessare il ripiegamento.» ordinò nel microfono, galvanizzato da una nuova euforia «Fuoco a volontà! All'attacco!»

Fu egli stesso a dare l'esempio, riprendendo a suonare il proprio oboe. Anche gli altri soldati fecero lo stesso, soffiando ciascuno nel proprio strumento, per quanti avevano un legno o un ottone, o percuotendone le corde o quant'altro. E tuttavia, a dispetto del successo del loro comandante, anche quel terzo attacco si risolse in un cacofonico nulla di fatto.

Eland restò nuovamente impietrito e così i suoi uomini. Quella breve speranza che si era agitata in loro era tramontata d'improvviso e la paura si impossessò più forte di ciascuno. Il direttore d'orchestra, vista la mala parata, aveva messo ancor più foga nell'esecuzione e, saltata a piè pari mezza pagina di spartito, era passato al plenum orchestrale. Nuovi colpi e nuovi caduti lacerarono l'aria e non c'era ormai alcuna ragionevole speranza di trasformare l'operazione in una vittoria. Eland stava per dare l'ordine di ritirata, anche se sarebbe più opportuno parlare di fuga, quando uno degli uomini si produsse in un ennesimo colpo di scena.

In realtà, ci sarebbe arrivato anche un bambino. Ma quelli erano militari, non bambini.

Alle orecchie di Eland giunsero le note di una vecchia ballata country della Louisiana o del Texas. Uno dei soldati si era messo a strimpellarla sul banjo che portava e, sebbene non fosse particolarmente intonato, né con lo strumento, né con la sua voce, un effetto lo ebbe comunque.

Un pezzo del palco degli orchestrali cedette e questo si risolse in un'azione irrisoluta dei violini. Il suono vacillò nella sezione sinistra dell'orchestra e creò non poca confusione anche al centro. Non bastò a fermare il direttore, che pure scese dal podio per questioni di sicurezza, né bastò a fermare l'attacco; ma aveva finalmente indicato la via maestra per rispondere.

Bisognava combattere l'armonia con l'armonia. Ed era così semplice!

Il soldato aveva sicuramente trovato il modo di resistere all'assalto orchestrale, ma non era difficile intuire che la sua controffensiva sarebbe stata di corto respiro: perché un conto è un tizio che strimpella il banjo sulle note di *Proud Mary*, un altro un'intera orchestra sinfonica.

Nonostante la temporanea messa fuori gioco dei violini e la perdita del podio, il direttore seppe tenere il polso della situazione. Il contrattacco dei marines fu di breve durata e subito furono costretti a rimettersi su un'inutile difensiva. In più, come se non bastasse, altri si aggiunsero a quell'unico soldato con il banjo, cercando di seguirlo su corde però dissonanti: e tanto bastò a vanificare ogni effetto di quella debole riscossa.

I marines vennero spazzati via. Metà almeno della squadra fu falciata dalla musica, ormai trasformatasi da un valzerino viennese alla più cupa versione della *Totentanz*; solo il tempo era rimasto in tre quarti. L'altra metà era invece in fuga verso il mezzo blindato, ormai incapace di opporre qualsiasi resistenza.

Dalle finestre dei propri appartamenti, Bachmann poté vedere l'unità che andava dispersa. Non era necessario annientarla: avrebbe riportato a Washington lo sgomento e la paura. Chiaro poi che quell'attacco avrebbe provocato un inasprimento delle sue condizioni, dandogli il destro per pretendere che *La vita e le opere di Franz Schubert in 712 puntate* trovasse infine compimento: che meraviglioso spettacolo, una simile, raffinata produzione al posto degli aberranti musical di Hollywood!

L'eccitazione per quella prospettiva non doveva tuttavia fargli dimenticare che essa seguiva di presso un sia pur breve momento di grande preoccupazione. Per un sia pur breve momento, infatti, i marines erano stati sul punto di ribaltare lo scontro, tanto che egli stesso aveva accarezzato l'idea di intervenire: già aveva acceso il mantice elettrico del suo organo e preparatone il grande compressore. Alla fine la situazione si era risolta grazie all'insufficienza e all'insipienza dei soldati, ma poteva continuare a sentirsi tranquillo? O non avrebbe dovuto invece accelerare i tempi?

Forse, la prossima volta sarebbero stati più prudenti. Forse sarebbero giunti più preparati. In ogni caso, avrebbe dovuto essere pronto ad accoglierli; anche, se necessario, di persona.

IX

Nella sala di controllo, a Washington, ufficiali e professori avevano sperato che il contrattacco improvviso di quel singolo soldato fosse in grado di ribaltare la situazione. L'orchestra si era scomposta, ma alla fine aveva recuperato il controllo e, con una successione piuttosto ardita e quasi jazzistica di passaggi armonici, aveva infine recuperato l'iniziativa strategica. Poco avevano potuto le corde country di un singolo banjo contro un'intera e agguerrita divisione di professori d'orchestra. Risultato, metà della squadra era rimasta sul terreno e l'altra metà era in fuga verso il mezzo blindato.

Per lungo tempo, dopo che Washer aveva rinunciato a ogni possibilità di richiamare la squadra, nessuno aveva voluto parlare. Nessuno se l'era sentita. Solo quando la strage si fu consumata, l'orchestra di Bachmann ebbe smesso di suonare e ciò che restava dell'unità d'assalto ebbe raggiunto la relativa sicurezza del mezzo blindato, una voce finalmente risuonò di nuovo.

«Certo.» rispose al telefono il maggiore Washer «Rientrate alla base immediatamente. Sì… sì, stiamo ricevendo tutti i dati. Washer, chiudo.»

Il maggiore allontanò il telefono dall'orecchio, voltandosi poi lentamente verso il generale. Ciò che doveva dire era piuttosto inutile, considerato che tutti avevano veduto gli effetti sugli schermi, ciò nonostante bisognava dirlo.

«L'unità è in ritirata, signore.» annunciò «Il rapporto perdite…»

«Non è dei migliori, lo so.» l'interruppe Cheddar.

«Quattordici vittime.» proseguì il maggiore «Diciotto strumenti perduti. Un solo compressore è ancora operativo.»

«Un solo compressore!» sbottò il generale, con acido sarcasmo «Come se ce ne facessimo qualcosa, contro un'intera orchestra!»

«Bisognava mandare la banda dei marines, non i marines.» intervenne Creekman, abbattuto su una poltrona e lo sguardo fisso a terra «Per affrontare qualcuno con la musica, devi mandargli contro un musicista. Un musicista, non un marine.»

Avrebbe forse voluto aggiungere qualcosa sulla dodecafonia e sulla sua inefficacia, ma si trattenne: non sia mai che tra i lettori ci sia un appassionato di musica "colta". Rimase invece con lo sguardo fisso a terra, inerte e muto.

Ancora per qualche momento, il silenzio fu troppo pesante perché qualcuno osasse romperlo. Ma la sconfitta non doveva portare alla disfatta e, finché c'era il fuoco della speranza da alimentare, bisognava farlo. Ben conscio di questo, il generale ritenne suo dovere affrontare e prendere di petto lo sconforto.

«Resta un compressore.» considerò «Ma possiamo fabbricarne degli altri. Professore, quanto le serve ancora?»

«Quanto mi serve?» ripeté Creekman senza sollevare lo sguardo «Gliel'ho già detto: qualche giorno almeno. Non possiamo lanciare prima una seconda offensiva.»

«Ho capito. Lesswire, ci sono notizie dal fronte degli alleati?»

«Abbiamo un contatto con Inglesi, Francesi, Tedeschi e Italiani.» rispose il colonnello «Stanno tutti approntando in fretta e furia un certo numero di compressori e potranno intervenire. Tuttavia … »

«Sarà meglio dir loro di mandare una banda musicale e non le forze speciali.» l'interruppe Creekman.

«Tuttavia non saranno pronti prima di ventiquattro o quarantotto ore.» concluse il colonnello, cercando di aggirare le imbarazzanti chiose del professore «Oltre al tempo di far arrivare le squadre negli Stati Uniti.»

«Insomma, un'eternità.» commentò qualcuno, a bassa voce: non si riuscì a capire l'identità del commentatore, ma il commento, quello sì, lo capirono tutti. E tutti si richiusero nel silenzio.

«Ho capito.» replicò ancora Cheddar, in realtà solo perché non sapeva che altro dire «Vorrà dire che terremo i ripetitori spenti per qualche giorno in più del previsto. L'ultimatum di Bachmann sta per scadere, certo, tuttavia … »

«Tuttavia non servirà a nulla.»

Chi aveva osato interrompere era, nuovamente, Creekman. Postura ed espressività non erano mutate, ma almeno sembrava maggiormente disposto a interagire con il resto del gruppo di coordinamento.

«Che intende dire, professore?» replicò Cheddar, cercando di non mostrare pubblicamente l'inquietudine che, come la cicuta di Socrate, risaliva in lui dai piedi al cuore.

«Voglio dire che tenere i ripetitori spenti fino all'arrivo degli alleati e delle nuove armi non servirà a nulla.» spiegò l'altro, levando appena la testa alla ricerca del generale «Quando Bachmann arriverà a Lincoln o a Omaha o dove diavolo sta andando, avrà accesso ai ripetitori della rete telefonica. Accesso fisico, intendo. A quel punto, ben poco gli importerà di non avere internet: gli basterà introdurre il suo segnale nella rete e potrà colpire dove, cosa, chi, quando e perché vuole.»

Silenzio. Fu un po' come se il mondo intero fosse crollato addosso ai militari nella sala; chi più, chi meno incapaci di comprendere la portata delle parole del professore.

«Come... come è possibile?» balbettò infine Cheddar, ormai del tutto dimentico della sua maschera di ottimismo «Che vuol dire?»

«Voglio dire che non c'è bisogno di accendere i ripetitori, per far passare un segnale.» si limitò a rispondere Creekman «Il rame è un conduttore sempre e comunque, che la rete sia accesa oppure no. Non ha mai provato a far suonare un telefono accanto a una radio spenta? Non ha mai sentito un bip bip dall'altoparlante? Si chiama interferenza, generale.»

Si interruppe un momento e nessuno osò colmare quel silenzio. Del resto, il professore stesso non vi diede peso, ignorando completamente i presenti e proseguendo nella sua concione.

«Colpirà come vuole.» riprese Creekman, scuotendo sconsolatamente il capo «In America o all'estero, senza limitazioni. Forse non potrà raggiungere qualche sperduto villaggio africano. A quel punto ci avrà in pugno e poco varrà che i nostri contrattacchino: potrebbe annientarli prima ancora che lascino le loro basi. Siamo nelle sue mani, purtroppo.»

Una sentenza che non lasciava appelli. Creekman poteva non avere il polso militare della situazione, ma, poiché Bachmann era un nemico dalle armi e dalle strategie non convenzionali, era probabilmente la persona più indicata a parlarne. Il suo giudizio, dunque, aveva più peso rispetto all'opinione di chiunque altro, in quella stanza. Replicare sembrava poco più che un esercizio ozioso.

Eppure non poteva accadere! Arrendersi in quel momento significava ammettere la sconfitta e non poteva essere che gli Stati Uniti fossero sconfitti! Non in modo così plateale, perlomeno. Una via di fuga andava trovata, e subito.

Già, ma chi avrebbe osato sobbarcarsi l'onere di un tentativo? I volti erano sfatti, gli sguardi bassi e, se i presenti avessero avuto le orecchie di un segugio, queste sarebbero state pendule e lamentose, come i rispettivi guaiti. Qualcuno però doveva prendere il coraggio a due mani e farsi carico di quel tentativo.

«Però... però un compressore è ancora attivo.» osò infine Lesswire, cercando di riportare un'oncia d'ottimismo «Non crede che...»

«Non se ne parla.» l'interruppe il professore, con un gesto infastidito della mano «Contro un'intera orchestra e contro l'organo di Bachmann, un unico compressore non potrebbe fare nulla. Dovremmo evocare Vivaldi, Mozart e Beethoven e mescolarli insieme, per avere una speranza.»

L'idea di una seduta spiritica di certo non allettava l'assemblea degli ufficiali, ma bisogna ammettere che qualcuno, non fosse che per disperazione, fu tentato di provare. Lo stesso Stalin, del resto, per quanto fosse un miscredente comunista e mangiapreti, si era risolto a un certo punto a far sorvolare il fronte a Mosca e a Leningrado da aerei recanti a bordo icone benedette, *perché non si sa mai*. Ma non era in questa direzione che il pensiero di Lesswire si era mosso, così che subito il colonnello aggiustò il tiro.

«E se cercassimo solo di ritardarlo?» insistette «Il tempo necessario perché arrivino gli alleati.»

«Sarebbe più semplice, ma dovremmo pur sempre trovare un virtuoso.» rispose il professore «E dove lo troviamo, un virtuoso? Anche nell'ipotesi migliore, al più domani a quest'ora Bachmann sarà a Omaha e non ci sarà altro da fare.»

Senza aggiungere altro, Creekman si alzò pesantemente dalla poltrona. Si volse altrettanto pesantemente e lentamente, fino a fissare il suo sguardo vacuo in quello vitreo di Cheddar.

«Se vuole la mia opinione, generale, il presidente farebbe bene ad avviare un negoziato con Bachmann.» disse «Tra tutte, rischia di essere la soluzione più indolore.»

Si volse nuovamente, questa volta verso la porta. Nessuno osò trattenerlo, mentre vi si avvicinava, tirava a sé la maniglia e infine se ne andava. A fare due passi, avrebbe confidato poco più tardi al custode del parcheggio, ma non era escluso che il primo pensiero della sua mente fosse di raggiungere il Potomac e attraversarlo; ma non per il largo.

X

La primavera era gioiosa tutt'intorno a lui e Washington non era mai stata così bella: il cielo era limpido, gli uccellini cantavano sugli alberi in fiore e la temperatura aveva smesso i panni dell'inverno senza però avere indossato ancora quelli dell'estate. Un allegro venticello solleticava i volti di quanti erano in strada, frusciando scherzoso tra i rami e agitando le onnipresenti bandiere a stelle e strisce. A guardare il quadro, senza un solo telefono o tablet su cui la gente si chinasse a scrutare imperscrutabili segreti, e con ben poche automobili a sfrecciare solitarie per le strade, un osservatore ignaro avrebbe pensato di essere stato trasportato in una domenica del 1950 o giù di lì.

In quello scenario idilliaco, la sola nota stonata era il professor Creekman. L'uomo camminava cupo e invecchiato, i capelli in disordine, ingobbito e le mani allacciate dietro la schiena. Sembrava aver accumulato d'un colpo tutto il peso dei suoi sessant'anni. Ogni tanto, complice il camice al quale non aveva mai rinunciato, i passanti si voltavano a osservarlo con curiosità, ma poi, considerando forse che di gente strana ce n'era parecchia, in giro, tornavano a occuparsi dei fatti propri, senza più porsi un pensiero.

A fronte della situazione, infatti, le cose a Washington erano decisamente tranquille. Fin troppo. Quella tranquillità era per Creekman ulteriore aceto sulle piaghe: intorno a lui, a dispetto della tensione, ogni cosa era dolce e fiduciosa nel futuro, ma dentro di sé sapeva che quel futuro ormai non c'era più. Fallito senza appello anche il secondo attacco a Bachmann, non avevano più possibilità di resistere o di vincere, non avevano più possibilità di opporglisi. Tempo poche ore e tutto sarebbe finito, checché ne pensassero il cielo, gli uccellini e gli alberi.

«Professore!» lo chiamò d'improvviso una voce alle sue spalle «Professore, che fa? Aspetti!»

Quella chiamata suscitò un po' d'interesse da parte dei radi passanti, ma alla fine ognuno decise di tornare alle proprie meditazioni. Solo Creekman, il diretto interessato, non poté permettersi di ignorare il richiamo. In un primo tempo accelerò il passo, nel tentativo di seminare il suo inseguitore, ma poi, riconosciuta la voce del dottor Blanket, una semplice sottrazione gli mostrò che trent'anni in meno avrebbero garantito al suo inseguitore un vantaggio decisivo in qualsiasi competizione sportiva. A quel punto, non potendo fuggire, si risolse a voltarsi e ad affrontare il suo assistente.

«Professore, che sta facendo?» chiese nuovamente Blanket, rallentando il passo «Non possiamo abbatterci, perdere la speranza in questo modo. Ci sarà pure una via d'uscita, qualcosa che possiamo fare.»

«Ah, certo!» replicò Creekman, sapido «Per prima cosa, però, non alzi così la voce: siamo in strada, non se lo dimentichi.»

Il riferimento del professore era forse a una banale norma di buona educazione, per la quale è opportuno mantenere un comportamento dignitoso, nel mentre che si attraversa la pubblica via. La mente di Blanket recepì invece un diverso messaggio, per il quale era bene evitare di discutere cose riservate mentre orecchie tutt'altro che discrete potevano sentire. Poco importa tuttavia, poiché l'esito fu lo stesso: lo scienziato più giovane si avvicinò al suo mentore e, con l'aria di chi intrattiene una conversazione banale, magari sul tempo, riprese a discutere con lui di ben più gravi argomenti.

«Dobbiamo escogitare qualcosa.» riprese «È vero, la situazione è difficile. Tuttavia…»

«Tuttavia non c'è nulla che possiamo fare. Che cosa vuole? Che tagliamo i cavi della rete telefonica? Anche ammettendo di farlo a Omaha, non possiamo farlo dappertutto. E Bachmann può arrivare dappertutto.»

«Ha ragione, professore.» ammise ancora Blanket, deciso a non mollare la presa «Però a noi basta guadagnare tempo. Forse…»

«È inutile, è inutile.» insistette Creekman, agitando le mani, infastidito, come un insetto in agonia «Se anche ne tagliassimo fuori uno, Bachmann ne troverebbe un altro. Dico, non crederà certo che esista un solo ripetitore in tutto il Nebraska? E non possiamo tagliare la nostra rete. È inutile, è inutile. Non ce la possiamo fare.»

Mentre proclamava a chiare lettere il proprio disfattismo, l'andatura di Creekman si era fatta più ingobbita. Quando riportò le mani dietro la schiena, con quel suo passo strascicato sembrava avere dieci anni di più.

I due, nel frattempo, erano andati avanti. La grande strada che stavano seguendo si era allargata in un ampio giardino, uno dei numerosi spazi verdi della capitale americana. Nei giorni di festa, in condizioni normali, la gente portava i bambini a passeggio, ma in quell'occasione ogni presenza era forzosamente ridotta: solo pochi avevano avuto il coraggio di uscire, magari per stemperare la tensione o perché impossibilitati a utilizzare televisioni e computer. Proprio grazie a quella quiete, appena rotta dal solito venticello, lo sconsolato Creekman fece la scoperta che cambiò il corso delle cose.

Inizialmente non vi diede alcun peso. Portate dal vento, alcune note giunsero al suo orecchio e da lì si intrufolarono nel suo cervello incupito. Non riuscirono a scacciare da lui i cupi pensieri di cui era divenuto preda, ma ebbero comunque l'effetto di incrinarne la solidità granitica, riaccendendo d'improvviso una fiammella che sembrava essersi spenta per sempre.

«Che cos'è questa musica?» chiese infine ad alta voce, bloccandosi d'un tratto ad ascoltare.

Blanket non rispose, non avendo notato a sua volta la melodia nel vento. Si fece dunque più attento, voltandosi intorno e fiutando l'aria proprio come un segugio alla ricerca della sua preda.

«Io non sento niente.» rispose infine, scuotendo il capo disorientato «Non è che...»

«Non me la sono immaginata.» troncò di netto Creekman, intuendo facilmente il seguito dell'argomento «Non sono pazzo, a dispetto di ciò che pensate.»

A dire il vero, questo non l'aveva ancora pensato nessuno, men che meno Blanket, tuttavia non poté né replicare, né qualsiasi altra cosa: Creekman si era infatti già messo in caccia, puntando con sicurezza verso una precisa sezione del parco.

«Ecco, la sente? Non mi dica che non la sente, adesso!»

In effetti, via via che Creekman avanzava, anche Blanket cominciò a rendersi conto che c'era qualcosa nell'aria: sembravano le note vagamente melanconiche di una chitarra, quasi certamente acustica, che indugiava con l'arpeggio su un accordo minore.

«Di qua, di qua!» lo esortava nel frattempo Creekman, sicuro come un bracco che ha trovato la pista, facendogli con la mano cenno di seguirlo. Ormai Blanket aveva messo da parte dubbi e titubanza, avendo la certezza che il suo capo avesse trovato qualcosa. Ciò nonostante, ancora non capiva perché quella musica ne titillasse tanto l'interesse. Pur sospirando e volgendo gli occhi al cielo, non gli restava altro che seguirlo.

Andando ormai a colpo sicuro, Creekman svoltò un'ultima curva, uscendo finalmente in un ampio prato all'inglese. E là, al centro del prato, sotto il tiepido sole primaverile, qualcuno suonava una chitarra, attorniato da una folla che si faceva via via più numerosa.

Il pubblico era un campione un po' di tutte le età e di tutti i ceti sociali, ma la fascia 15-24 anni era, almeno a vedere dai presenti, certamente la più rappresentata. Similmente, un analista avrebbe notato un forte squilibrio nel pubblico a favore del gentil sesso, rapito in un atteggiamento adorante grosso modo inversamente proporzionale all'età. Lo stesso analista di cui sopra si sarebbe forse divertito a classificare anche il colore dei capelli di dette fanciulle, scoprendo che la distribuzione non aveva nulla a che fare con la statistica della popolazione generale: da quando il verde elettrico o il blu ultramarino appartengono a tali statistiche? Tutto questo però lo lasceremo volentieri agli analisti più esperti, proseguendo invece nel racconto.

Proseguendo nel racconto, dunque, Creekman e Blanket si fermarono al bordo più estremo del vasto anello di pubblico, interessati più ad ascoltare che a vedere. L'accordo minore di prima aveva adesso lasciato il passo a un'alternanza di accordi maggiori: primo, quarto, quinto grado... poi di nuovo quarto e quinto, secondo grado in maggiore e via discorrendo in una successione di termini tecnici. Talvolta la successione era intervallata da passaggi armonici su accordi minori, talaltra persino da cambi di scala. Pur non avendo alcuna preparazione o competenza musicale, Blanket dovette riconoscere che quel tizio suonava piuttosto bene.

Creekman, più istruito di Blanket in tal senso, non faticò a notare che quel tizio, o meglio quell'uomo, suonava più che piuttosto bene. Usava la chitarra solo per accompagnare il canto di qualche ballata d'amore e di morte, ma la selva di passaggi armonici in cui si era calato era tutt'altro che disprezzabile: indice di una tecnica forse un po' grezza per la carenza di basi teoriche, ma certamente solida e valida. Come voce non era un granché, senza infamia né lode, ma come musico era più che mai degno di rispetto.

Dopo l'ennesimo accordo di raccordo, il cantante lasciò il posto al musicista e questi si peritò nell'esecuzione di una parte solista. Qui Creekman si estraniò completamente da quanto gli era intorno, ascoltando rapito, nota dopo nota, l'esecuzione di quel giovanotto dal giubbotto in jeans con lo stemma dei Deep Purple e i capelli lunghi alle spalle. Ricordava vagamente Eric Clapton o Frank Zappa nell'aspetto, forse meno trasandato rispetto ai loro giorni peggiori, ma ciò che contava era che batteva entrambi nello stile. Davvero, Creekman non aveva mai sentito nulla del genere.

D'un tratto, il chitarrista volle dare una prova in più. Non contento di saltabeccare con le dita da una corda all'altra, raddoppiò la dose: invece di una sola linea melodica, barocca quanto basta, cominciò a suonarne due insieme. Non faceva in tempo a pizzicare con le unghie una corda onde trarne una nota, che subito passava alla successiva, lasciando ogni spettatore sospeso nell'incredibile. Tornare alla realtà, quando la musica fosse finita, sarebbe stato poco più che un ritorno al nulla: quell'uomo si stava suonando il contrappunto da solo!

Per oltre un minuto, il chitarrista riuscì a reggere la parte. Poi, con un ultimo accordo sonoro, la melodia cessò d'improvviso sul quinto grado, lasciando l'intero uditorio in un silenzio di tomba. Persino gli uccellini, persino il vento non osarono interromperlo. Ogni cosa intorno restò sulla corda con il fiato sospeso, finché l'uomo, dolcemente, non riprese là dove si era fermato. Cantando con voce di basso l'ennesimo *I love you*, chiuse delicatamente sulla tonica.

Ci volle un istante, perché partisse l'applauso. Il pubblico, così coinvolto dal brano e soprattutto dalla sua corsa finale, impiegò del tempo per tornare alla realtà e scrosciare in una selva di battimani, di «Bravo!» ed altri apprezzamenti d'ogni sorta. Il chitarrista parve apprezzare e, riprendendo fiato, non mancò di ringraziare i suoi spettatori per quello spettacolo improvvisato: anche a lui non andavano più televisione e internet e così aveva avuto quella pensata... lieto che fosse servita a qualcuno.

Una sola persona non applaudiva. Rientrato anch'egli dall'estasi, il primo pensiero di Creekman fu di afferrare il cellulare e comporre uno dei pochi numeri ancora raggiungibili. Attese appena un paio di squilli, prima di fare il suo annuncio:

«Abbiamo un virtuoso.»

Rimase poco ancora al telefono, limitandosi a dare qualche coordinata perché le auto arrivassero, quindi interruppe la conversazione e riportò l'apparecchio in tasca e l'attenzione sul chitarrista. Questi stava nel frattempo ancora riscuotendo il proprio tributo d'applausi, riprendendo fiato e ringraziando ora l'uno ora l'altra, ma gli applausi scemavano: ciò significava che il concerto stava per proseguire.

«Grazie.» aggiunse un'ultima volta «Grazie a tutti. Adesso, se ancora non vi ho annoiati, vorrei...»

«Solo una domanda. Lei come si chiama?»

La domanda veniva dal fondo del vasto anello che circondava l'artista, ma la voce sufficientemente alta con cui fu posta non faticò a sovrastare ogni tramestio. Lo stesso artista si volse verso la fonte di quella richiesta, per quanto non senza una dose di imbarazzo e di stupore.

«Come, scusi?»

«Le ho chiesto come si chiama.» ripeté la voce.

«Adam Gomez.» rispose l'altro, senza aver tuttavia superato l'impatto iniziale «Posso sapere perché me lo chiede?»

«Ah, già, che sciocco. Permetta che mi presenti: sono il professor Sand Creekman. Questi è un mio assistente, il dottor Blanket. Mi occupo di ricerca e sviluppo per conto dell'esercito.»

La parola "esercito" generò subito una certa preoccupazione tra il pubblico: quando si tiravano in ballo i militari, almeno nei film, qualcosa finiva immancabilmente per andare storto. L'inquietudine si manifestò con vigore sui volti di tutti, mentre il pubblico si apriva spontaneamente in due per lasciar passare il professore, trionfante come Mosè sul Mar Rosso. Giunse infine al centro dell'anello, là dove Gomez e la sua chitarra avevano incantato il pubblico.

«Lieto di conoscerla, signor Gomez.» cominciò Creekman, tendendo la mano «Mi lasci dire, senza retorica, che la nazione ha bisogno di lei.»

«Di me?»

«Di lei e della sua bravura. Mi dica, da quanto suona la chitarra?»

«Mah, fin da quand'ero piccolo. Perché?»

«La prego, non può rifiutare.»

«Forse, ma almeno vorrei sapere di che si tratta.» replicò l'altro in imbarazzo, non senza un accenno di scetticismo e di prudenza «Non mi è mai piaciuto firmare assegni in bianco.»

«Più che giusto.» assentì Creekman, sospirando: del resto, non poteva ignorarlo «Abbiamo bisogno di lei per sconfiggere Bachmann.»

Quel nome bastò a gelare nuovamente ognuno, là d'intorno. I volti sbiancarono, gli occhi si fecero vitrei, lo stesso Gomez deglutì vistosamente. I dettagli su Toccata & Fuga erano ovviamente sconosciuti al pubblico, ma tutti sapevano del concerto dei *Let it sunshine out* a Nuova York. Quelle immagini avevano fatto il giro dell'America e del mondo.

«Sta scherzando?» replicò infine il chitarrista, atteggiando le labbra in un sorriso isterico «Avete i marines, mandate loro.»

«Già fatto. Lei è la nostra ultima chance, signor Gomez.»

«Io? Cioè pensate che io possa riuscire dove i marines hanno fallito? Glielo chiedo di nuovo, sta scherzando?»

«Mi dica, quante probabilità avevano Jesse Owen o Joe di Maggio di vincere il Nobel per la chimica?» insistette il professore «Glielo dico io: nessuna. Eppure nessuno contesta che fossero dei fuoriclasse.»

«Dove vuole arrivare?»

«Contro Bachmann i fucili non servono. Lui è un musicista e dobbiamo sconfiggerlo con la musica.»

La spiegazione aveva un tono effettivamente logico, ma somigliava a quella logica ovvia e banale dietro cui si cela però una fregatura. Gomez restò a fissare il professore con occhio sospettoso e indagatore, chiedendosi cosa potesse esserci dietro.

Si chiese, tra le altre cose, se quell'uomo fosse davvero chi sosteneva di essere. Questa domanda ebbe almeno una risposta rapida, quando vide fermarsi, ai bordi del parco, un intero corteo di automobili e mezzi militari: l'esercito c'entrava davvero, in quella vicenda, anche se ancora non sapeva come. Ma l'esperienza gli aveva insegnato a essere diffidente e…

«Se Bachmann avrà la meglio, ascolteremo solo musica classica.» insistette ancora Creekman, interrompendo il flusso di quei pensieri «I Deep Purple saranno banditi e *Somke on the water* non potrà…»

«Professore, mi ha convinto.» replicò Gomez all'istante, senza nemmeno dargli il tempo di finire «Che devo fare?»

XI

Ancora non riusciva a crederci. Solo un giorno prima faceva il cassiere di un supermercato e nel tempo libero si dilettava a suonare la chitarra. Adesso, imbarcato su un aereo militare diretto verso il Nebraska, si apprestava a diventare un eroe nazionale; oppure, e forse anche più probabilmente, ad allungare l'onorata lista dei caduti di Arlington.

In quelle poche ore gli avevano fatto un corso accelerato su come manovrare il compressore, ma in fondo non era stato difficile: bastava suonare ed evitare le stecche. Il difficile sarebbe venuto a breve, quando avrebbe incontrato prima l'orchestra di Bachmann e poi Bachmann in persona: uno contro cento, avrebbe dovuto resistere fino all'arrivo degli alleati. Insomma, una bella prospettiva per il fine settimana!

«Sì, glielo passo subito.»

La voce del pilota lo riscosse da quei pensieri, così che non fu colto di sorpresa, quando questi gli passò il ricevitore delle cuffie: dal comando a Washington volevano impartirgli le ultime istruzioni.

«Sono Gomez, vi ascolto.» cominciò, parlando nel microfono.

«Buone notizie, signor Gomez.» annunciò la voce di Creekman, rimbombandogli distorta nelle orecchie in un sarcastico contrappasso con le sue parole «I nostri alleati sono già in volo. Tra breve raggiungeranno lo spazio aereo americano e poi arriveranno sul teatro delle operazioni. Lei dovrà resistere tre o quattro ore, non di più.»

«Tre o quattro ore contro un'intera orchestra? È tantino.»

«Me ne rendo conto, ma... scusi un istante... ah, certo, certo, generale. Sì, va bene. Gomez, è ancora lì?»

Creekman si era dimenticato di allontanare da sé il microfono, mentre parlava con il generale; certamente quello... come si chiamava... Cheddar.

«L'ascolto.»

«Il generale Cheddar mi ha garantito che stanno inviando anche la nostra banda musicale.» riprese Creekman «Tempo un paio d'ore e saranno lì.»

«Rimane tantino.» replicò il chitarrista «Ma farò il possibile.»

«Ottimo, Gomez. Questo è lo spirito giusto. Qui Creekman, passo e... buona fortuna.»

Il professore interruppe la comunicazione e il musicista tornò a immergersi nei suoi pensieri. Cercò di ripassare mentalmente la lezione che gli avevano impartito: una volta atterrati, un blindato l'avrebbe condotto fino alla base mobile di Bachmann; là avrebbe solo dovuto suonare ed essere più bravo dell'orchestra. Facile facile, no? Nel frattempo gli aerei alleati, e a quanto sembrava non solo, avrebbero raggiunto la zona, impegnando a loro volta l'orchestra. Finché non fosse giunto Bachmann in persona, perlomeno: dopo ciò che aveva fatto a Nuova York e a Toronto, non si sarebbe sorpreso se fosse riuscito a farlo a pezzi semplicemente con l'*Aria sulla quarta corda*.

«Stiamo per atterrare, signor Gomez.» lo informò d'un tratto il pilota, riportandolo una volta di più alla realtà «Farà meglio a trasferirsi nel blindato.»

«Il blindato, sì… ok, sto andando.»

Senza aggiunger motto, il musicista si levò dal sedile e mosse verso poppa, là dove lo attendeva l'autoblindo che lo avrebbe accompagnato nell'ultimo tratto. Purché non fosse l'ultimo in assoluto, si ritrovò a pensare controvoglia.

Adam Gomez non era il solo a preoccuparsi, in quell'ora catartica. A Washington la situazione era non meno tesa, poiché tutti sapevano di non avere un'altra possibilità: se non fossero riusciti a fermare o perlomeno a rallentare Bachmann, questi avrebbe avuto partita vinta. Avrebbe potuto ricattare con successo il mondo, e chi garantiva che si sarebbe accontentato delle condizioni che già aveva imposto? Chi garantiva che non avrebbe imposto anche il taglio delle mani, a chi non fosse stato in grado di suonare uno strumento? Le possibilità che si aprivano erano potenzialmente infinite e bisognava agire in ogni modo per fermarlo.

Il primo passo per il successo era l'arrivo degli alleati. La banda dei marines era già partita al gran completo, al comando del capitano Englander, ciò nonostante il pieno successo del piano dipendeva dall'azione di squadra; ed era appunto per questo che Cheddar, nella sala di controllo del gruppo di coordinamento, era in attesa spasmodica. Non è dunque difficile credere che scattò come una molla elettrica, quando fu informato che, finalmente, gli alleati erano in arrivo.

«Apparecchi italiani, francesi, inglesi e tedeschi chiedono l'autorizzazione all'ingresso nel nostro spazio aereo.» annunciò Lesswire, di ritorno dalla postazione radar «Portano le squadre che sono riusciti a mettere insieme.»

«Accordato, accordato.» si affrettò a rispondere Cheddar, quasi che ulteriori ritardi portassero gli alleati a un ripensamento «Fate alzare qualcuno in volo perché li guidi alla zona delle operazioni. Washer, i nostri?»

«Anch'essi saranno in zona a breve.» rispose il maggiore «Se il signor Gomez sarà bravo come sembra, forse potranno contare sull'effetto sorpresa.»

«Dobbiamo pregare che sia così.» convenne Cheddar, sospirando «Mi tenga informato.»

Soddisfatto, per quanto ancora apertamente teso, il generale si volse e già stava per muovere altrove la propria attenzione, quando d'improvviso Lesswire lo richiamò. Le condizioni, in fondo, richiedevano la sua attenzione.

«Signore, pare che abbiamo un altro apparecchio sul radar.» lo informò il colonnello «Né atteso, né identificato.»

«Come sarebbe, un altro apparecchio?» protestò il generale, avvicinandosi allo schermo che riportava i risultati del radar; effettivamente, però, Lesswire aveva ragione.

«C'è un altro apparecchio.» si limitò a ripetere il colonnello «Dovrebbero essere quattro e invece sono cinque.»

Cheddar aggrottò la fronte: aveva sì temuto che qualcuno approfittasse della situazione in cui si trovavano gli Stati Uniti, ma nessun attacco poteva essere condotto con un unico aeroplano. D'altro canto, in quel momento così critico occorreva cautelarsi e ...

Stava per dare l'ordine di intercettare l'ospite non invitato, quando Lesswire, parlando di nuovo, lo precedette.

«Riceviamo un segnale.» disse «Sembra che ci chiamino, signore.»

«Ci chiamano?»

Tutti, nella sala, si guardarono perplessi, Cheddar per primo. Qualcuno aveva forse prodotto un nuovo compressore e messo insieme una nuova squadra? Eppure attendevano solo quattro unità alleate, non altre. Donde poteva giungere, quel quinto velivolo?

«Sentiamo che vuole.» ordinò infine il generale: del resto era quello, il solo modo per chiudere la questione.

Dato il comando, il canale fu immediatamente aperto. Gli altoparlanti crepitarono leggermente di un fruscio statico, prima di emettere la loro sentenza e rivelare finalmente a chi appartenesse l'aereo fantasma; il che lasciò tutti a bocca aperta.

«Qui è colonnello Kretijn Stupidëvich Dementov di aviazione russa.» cominciò una gradevole voce baritonale, il cui accento non aveva bisogno di commenti «Anche noi vuole dare contributo a eliminare Bachmann con nostra banda musicale. Chiediamo autorizzazione a entrare in vostro spazio aereo.»

«I Russi?» sbottò Cheddar, colto di sorpresa; ciò nonostante ebbe la buona creanza di parlare fuori dal microfono «E che ci fanno, i Russi? Non abbiamo inviato niente, ai Russi! Lesswire ... »

«Non guardi me, signore!» l'interruppe il colonnello, levando le mani a sua preventiva difesa e discolpa «Io non ho fatto nulla.»

«Ma… ma… come…»

«Ma insomma, generale!» sbottò allora Creekman, insofferente a quell'inutile imbarazzo «Che differenza fa? Sarà stato il KGB, che importa? Ogni aiuto sarà ben accetto. Dica loro benvenuti e buonanotte!»

«Sì… sì, certo.» assentì Cheddar, titubante di fronte a quell'assalto frontale: ma d'altro canto il professore aveva ragione, la situazione imponeva di non fare troppo i raffinati «Molto bene, colonnello Dementov. Benvenuti e buonano… cioè, avete il nostro permesso. Seguite lo stormo fino al Nebraska. Cheddar, chiudo.»

Chiusa la linea, tornò a volgere la propria attenzione ai dati radar degli aerei: gli alleati si avvicinavano alla costa atlantica, Gomez era già in Nebraska; e Bachmann, ormai, a un tiro di sasso da Omaha.

«Informi il capitano Englander di essere pronto a intervenire.» ordinò infine, rivolgendosi a Washer «Quando sarà il momento, il signor Gomez avrà bisogno di tutto l'aiuto possibile.»

Il signor Gomez in questione, intanto, aveva già lasciato l'aereo per l'autoblindo e, tramite questo, aveva superato ormai la prima linea. Il suo autista personale per l'occasione, un sergente di cinquant'anni duro come l'acciaio, aveva la guida delicata di un panzer e la frenata, in verità, non certo più dolce. Così, quando il musicista si sentì sbalzare in avanti e solo la cintura di sicurezza lo trattenne dall'andare a sbattere, capì che erano arrivati a destinazione.

«Se me lo consente, signor Gomez, le auguro buona fortuna.» annunciò il sergente, al posto del più consueto "siamo arrivati". Peccato che sembrasse aver gridato: «Tutto in ordine per l'ispezione, signore».

«Ne avrò bisogno, temo...» replicò l'altro, slacciando la cintura e avviandosi all'esterno «Comunque grazie.»

Il sole del Nebraska orientale, fuori, picchiava con una certa forza sulla pianura ridente, punteggiata qua e là da piccole macchie di abitato. L'aria era tiepida ma spiacevolmente afosa e nella foschia lontana, affogata nell'umidità si poteva intravedere Omaha. Davanti a lui, invece, candide come chicchere di panna, le uova semoventi del suo avversario.

Saranno a cento iarde, pensò, duecento al massimo; e adesso che faccio?

Fu colto da un brivido al pensiero, ma subito si riscosse: Bach e Beethoven sono Bach e Beethoven e nessuno li mette in discussione. Ma anche i Doors hanno il loro perché. Se Bachmann avesse vinto, quel perché sarebbe stato cancellato.

D'accordo, si ripeté: se bisogna farlo, allora facciamolo.

Controllò l'accordatura della chitarra, questa volta elettrica, e l'amplificatore: per quanto possibile, era tutto a posto. Fece un breve giro di prova e poi, dopo aver constatato che il compressore funzionava a dovere, sollevò il pollice verso i soldati che lo assistevano. Adesso mancava solo la musica.

Non attese che le uova gli arrivassero davanti. Dopo aver orientato il grammofono, agì per primo e cominciò a suonare.

I primi effetti non tardarono a manifestarsi: vide distintamente una bugna prodursi sulla struttura maggiore e, soprattutto, vide avvicinarsi uno dei due mezzi minori. Indubbiamente gli orchestrali si stavano preparando a rispondere, aggiustandosi il frac nero con panciotto bianco, ma questa volta avrebbero trovato note per i loro spartiti.

Gomez, sapendo ciò che era successo alle squadre precedenti, modificò il proprio attacco contro il mezzo secondario. Qualche scheggia di metallo saltò via, qualche paratia pure, ma nel complesso i danni non furono decisivi: non era da escludere che Bachmann avesse progettato le strutture per assorbire il suono e resistere così agli attacchi. Ma l'orchestra avrebbe pur dovuto mostrarsi, e allora...

Così fu, in effetti. Giunto in posizione, l'automezzo arrotolò come al solito il sipario metallico e, mentre questo si allontanava ai lati, il cuore di Gomez cominciò a battere più forte; e quel cuore trasmise più forti stimoli al cervello e questo impulsi più rapidi ai muscoli. La musica aumentò per conseguenza di ritmo e di volume, attaccando per difendersi: del resto, ne aveva ben donde.

Gli orchestrali avevano capito di avere a che fare con ben altro avversario. A dimostrazione di ciò, basti osservare che il direttore non perse tempo in inchini, ma, senza attendere nemmeno che il sipario fosse scivolato via del tutto, diede subito inizio al suo concerto.

Le note di uno *scherzo* veloce e brioso attraversarono l'aria, lanciandosi come saette mortali contro il solo avversario. Ma Gomez seppe rispondere e in un battito di ciglia trasformò quei pochi accordi pigri su cui si era adagiato in un'altrettanto briosa parte solista: le saette mortali si spensero una ad una e anzi, una tornò persino indietro, rimbalzando sulle paratie del sipario e non esitando ad aprirvi uno squarcio. Indispettito, il direttore incoraggiò allora gli archi a intervenire, perché bersagliassero a lor bell'agio quella pulce insolente.

Gli archi, i violini avanti a tutti, non esitarono: avuto il via libera dalla bacchetta del direttore, si trasformarono in una fanteria d'assalto, scagliando contro il povero chitarrista una gragnuola di colpi. Ma Gomez non si perse d'animo e, istruito a sufficienza sugli effetti del compressore, ribatté con una rapida serie ritmica su uno stesso accordo: a sentirlo, sembrava un telegrafista che si fosse dato alla chitarra o un chitarrista che volesse cimentarsi nel telegrafo. Fatto sta che riuscì a vanificare anche quell'assalto, passando subito dopo al contrattacco.

Alternando due potenti accordi (per gli appassionati, diremo che erano un primo e un sesto grado), attaccò pesantemente il lato sinistro del palco, proprio là dove sedevano i violini, perché era quello il punto più debole. E in effetti, indebolita dal country del giorno prima, la sezione non resistette all'assalto ostinato di quelle note acute e distorte, rese ancor più acute e distorte da un sapiente uso del pedale: una vasta parte del bordo cedette e crollò miseramente a terra, costringendo gli orchestrali a una ritirata precipitosa. Un paio di vecchi frac caddero a terra, straziandosi in grida che poco o nulla avevano a che fare con l'armonia e che non restarono pertanto senza effetto: tanto bastò a indebolire l'orchestra e a rafforzare invece il solista; e ancora Gomez non era ricorso al suo colpo segreto.

Sempre più preoccupato, il direttore ordinò l'intervento dell'artiglieria pesante. Corni, tromboni e timpani scesero allora in campo, sottoponendo Gomez a un vero e proprio fuoco di sbarramento. Il chitarrista dovette interrompere l'offensiva per difendersi da quell'attacco e dovette ammettere, dentro di sé, di aver sperato troppo: anche se indebolita, quell'orchestra restava temibile.

Per circa mezzo movimento la situazione rimase sostanzialmente in stallo: Gomez aveva rinunciato a portare nuovi attacchi, limitandosi a respingere quelli degli orchestrali; e questi, d'altro canto, avevano perduto parte dell'organico, risultando indeboliti. A movimenti d'orchestra da un lato rispondevano lunghe sezioni soliste dall'altro; ad attacchi di flauti e di corni, rispondeva il distorsore della chitarra. Pur suonando sezioni diverse, i due contendenti avevano raggiunto una situazione, almeno apparente, di equilibrio.

Bachmann, dalla propria segreta cabina di regia, era preoccupato. Vero, gli strumenti dell'orchestra non erano potenti quanto il suo organo, ma erano pur sempre tanti! Come poteva quel solo uomo, aiutato da una sola chitarra elettrica, tener testa a tanto esercito?

Lo stesso Gomez cominciava a chiederselo. Tuttavia sentiva ormai la stanchezza che avanzava, perché suonare per qualche minuto è un conto, per un'ora o più è tutto un altro discorso. Forse era il caso di smetterla di essere così remissivo e ripensare la propria strategia, tornando all'offensiva: del resto, aveva ancora il proprio colpo segreto.

Fu questo pensiero, al termine del giro di do, che gli parve più opportuno. Riprese il ritmo dell'accordo proprio come se volesse insistere nella difesa; poi, d'improvviso, si cimentò in due azioni sincronizzate, perfettamente riuscite come fosse stato un acrobata del circo.

Cambiò tonalità, passando da do maggiore a re maggiore; e nello stesso tempo, si volse sull'altoparlante.

Chi sa come funziona una chitarra elettrica, avrà già intuito che la mossa si rivelò vincente. Il segnale elettrico, prodotto dall'oscillazione dei magneti nella chitarra stessa, passò all'altoparlante e si convertì in suono, andando a investire i magneti con un'onda di ritorno. E così via, amplificandosi fino a distorcersi in un urlo stridente. In condizioni normali, durante un concerto, è il modo migliore per passare alla dimensione acida, senza bisogno di acidi; in quel momento, servì a raddoppiare, triplicare, quadruplicare la forza del suono.

Gli orchestrali furono investiti da una potenza di fuoco che non solo non si aspettavano, ma nemmeno mai avevano sperimentato. Il direttore tentò di opporre una difesa, attivando la contraerea dei flauti e degli oboi, tentò l'artiglieria pesante dei timpani e dei piatti, tentò i mezzi d'assalto dei bassi la fanteria dei violini; tentò, insomma, il plenum orchestrale. Senza successo.

Il solo effetto che ottenne fu di limitare i danni, così che, invece di perdere metà dell'orchestra, ne perse solo poco più di un quarto. Ma tanto bastava, perché non c'era ragione al mondo che impedisse all'assalitore di ripetere il fuoco.

Bachmann, rimasto fino a quel momento passivo spettatore, decise che era il momento di scendere in campo. Attendere ancora avrebbe significato correre troppi rischi e non poteva permetterselo.

«Lasciate perdere, incapaci.» ruggì nel proprio microfono «Fatevi da parte, penserò io a questa mosca!»

XII

Osservando la scena dall'alto, per esempio da un aeroplano in volo, si sarebbe visto l'automezzo più piccolo e malconcio arretrare, lasciando il posto a quello più ampio e lento. Agli occhi di una persona informata sui fatti, questi poteva significare solo una cosa: l'orchestra cedeva il campo.

A bordo di un aeroplano in volo, e anzi ormai in arrivo, c'era proprio una persona informata sui fatti: il capitano Englander della banda musicale dei marines, insignito per l'occasione del comando di quell'operazione speciale. Non appena vide l'ovetto arretrare, non poté trattenere dentro di sé un moto di soddisfazione: l'orchestra si ritirava e questo semplificava di molto le cose.

«Ok, ragazzi, stiamo per scendere in campo. Caporale, portaci a nord dell'area operativa. Da lì ci arrangeremo.»

Il soldato annuì, manovrando la consolle per obbedire agli ordini. Tempo pochi momenti e l'apparecchio si posò dolcemente sulla pianura, lontano dalla struttura principale della base, ma abbastanza vicino a quella più piccola degli orchestrali, ammaccata e ormai di ritorno nelle retrovie.

Era improbabile che si fossero accorti dell'aereo. Certo, Englander non aveva fatto nulla per nasconderlo, ma, impegnati com'erano a battersi e poi a leccarsi le ferite, il panciuto uccello d'acciaio doveva essere sembrato loro come un coriandolo svolazzante durante il carnevale di Rio. Come a dire che era invisibile davanti a tutti.

Il capitano Englander attese che il mezzo giungesse in posizione ancora più arretrata, abbastanza da non disturbare lo scontro principale: nessun dubbio che là il signor Gomez stesse per affrontare Bachmann in persona, ma loro avrebbero fatto bene ad occuparsi d'altro.

«Ok, ragazzi.» esclamò d'un tratto, levando in piedi il proprio bastone dirigenziale «Mi bemolle, allegro. Andiamo!»

Senza por tempo in mezzo, si mise alla guida dei suoi, avanzando a passo di marcia verso i musicisti nemici indeboliti. Sulle note spumeggianti dell'*Ouverture 1812*, la banda musicale del corpo dei marines diede inizio all'attacco finale, cogliendo impreparata l'orchestra sinfonica di Bachmann. Sotto quegli accordi potenti di trombe, di flauti, di timpani e colpi di cannone, simulati con i tamburi, certo i nemici non avrebbero resistito a lungo.

Non stupirti, lettore, nello scoprire che la banda passò all'attacco contro l'orchestra nemica: sarà anche un buco di trama, lo concedo; ma che storia di serie B sarebbe, se non ce ne fosse almeno uno?

Intanto, mentre la banda americana lanciava l'attacco sui temi di Ciajkovskij, cinque aerei atterravano l'uno dopo l'altro a non molta distanza. Non potendo conoscere la situazione a terra, piloti e comandanti avevano deciso di intervenire là dove la mischia sembrava più folta e la musica più forte, interpretandolo come un segnale di maggior lotta e di maggior pericolo. Solo il colonnello Dementov valutò l'opportunità di aprire un secondo fronte contro il mezzo principale, ma alla fine, constatato che tutti andavano in realtà

dall'altra parte, non volle essere da meno e rischiare di ritro-
varsi solo.

Cinque bande musicali atterrarono così nei pressi
dell'ovetto più piccolo, aggredendo l'orchestra da altrettante
direzioni. Cominciarono i Francesi, semplicemente perché
primi ad atterrare, a duecento metri dal luogo dello scontro.
L'apparecchio non si era nemmeno del tutto arrestato che
già si spalancava il portellone e usciva niente meno che la
banda militare della Legione straniera: armati di tutto punto,
e con i loro strumenti soprattutto, i legionari intonarono or-
dinatamente la *Marsigliese* via via che scendevano, unendosi
alle voci delle trombe e dei cannoni dell'*Ouverture 1812* già
suonata dagli Americani del capitano Englander.

Pochi istanti dopo atterrò l'aereo inglese: con appena
dieci secondi di ritardo sul piano di volo, il comandante delle
Royal Scots Dragoon Guards fece scendere uno ad uno i
suoi uomini, ricordando a ciascuno il suo dovere: in primo
luogo, che dovevano chiudere le operazioni entro tre ore, in
tempo per il tè; in secondo luogo, che bisognava fare presto,
perché l'aereo avrebbe tenuto il motore acceso. Così esortati
dal loro comandante, i soldati si disposero rigorosamente in
formazione, in attesa del comando d'attacco. A quel punto
attaccarono con *Highland Cathedral*, fondendo la voce delle
cornamuse con quella degli oboi, della fanfara e dei cannoni.

I più metodici in assoluto furono i Tedeschi. Il comandante, nipote di un colonnello dei Fallschirmjäger durante la
guerra, non volle nemmeno atterrare: armati di tutto punto
i suoi di paracadute con strumento al seguito, li fece lanciare
direttamente sul bersaglio, riuscendo a radunarli a meno di

cento metri dall'orchestra nemica. Seguendo rigorosamente l'ordine di lancio, subito dopo aver aperto il paracadute ciascuno cominciò a suonare: così, con una pittoresca citazione cinematografica, lacerarono l'aria le note degli ottoni della *Cavalcata delle Valchirie* di Wagner, che andarono ad aggiungersi in armonia a tutte le altre note delle cornamuse, degli oboi, delle trombe e dei cannoni.

I Russi non furono da meno. Il loro apparecchio atterrò più lontano degli altri, ma, grazie all'atterraggio verticale, la banda recuperò facilmente il terreno perduto: nello stesso momento in cui i carrelli toccavano terra, subito il portellone si aprì, permettendo agli uomini di uscire. Il colonnello Dementov, in testa a tutti, levò il proprio bastone ed ecco che, d'un tratto, fagotti e balalaike accompagnarono la banda sulle note di *Kalinka*. L'onestà impone di riferire che la prima scelta del colonnello era stata l'*Internazionale*, poi ritenuto, visto il teatro delle operazioni, vagamente inopportuno. Le armonie slave di *Kalinka* e il suo accelerando si fusero invece con sorprendente eleganza con le trombe, i fiati, la fanfara e i cannoni che già erano in marcia.

Com'era lecito attendersi, gli ultimi furono gli Italiani. Tossendo dai motori, l'apparecchio tricolore si adagiò infine sul terreno pianeggiante e, non appena fu fermo e in sicurezza, si spalancò il suo portellone. A quel punto tutti capirono che gli Italiani erano stati sì gli ultimi a giungere, ma probabilmente sarebbero stati i primi ad arrivare: perché a discendere fu niente meno che la banda dei bersaglieri al gran completo. Guidati dal loro comandante, i soldati intonarono a passo di corsa la fanfara della *Canzone del Piave*, sommando l'armonia di Mario alias Gaeta a quelle di Ciajkovskij, Rouget de Lisle, Roever e Korb, Wagner, Larënov.

Unite tutte insieme in un vero cimento dell'armonia e dell'invenzione, in un gioco folle che avrebbe estasiato anche il più severo professore di conservatorio, tutte quelle melodie si levarono in un grandioso contrappunto contro l'orchestra malconcia di Bachmann, decise ad averne ragione una volta per tutte.

Gli orchestrali, tuttavia, non si diedero per vinti. Sbiancarono in volto più dei loro panciotti, certo, ma pensò il direttore a rimettere tutti quanti in riga: il maestro aveva fiducia in loro, non dovevano tradirlo. La battaglia si annunciava senza speranza e la sconfitta certa, ma dovevano battersi lo stesso, fino all'ultimo uomo.

Bachmann, intanto, non era rimasto inoperoso. Non si creda del resto che avesse avuto il tempo di esserlo: l'intera operazione sbarco si era infatti consumata nel volgere di cinque minuti. E allora, ignorando del tutto l'orchestra che affrontava la minaccia di ben sei bande contemporaneamente, quel genio del male aveva invece concentrato l'odio e le energie contro colui che si era identificato come il primo dei suoi nemici. Avvicinandosi con la grande e lenta struttura principale, era finalmente pronto per l'ultima battaglia.

Aprendosi a ventaglio come la corolla di un fiore, un fiore di morte e distruzione, la plancia segreta del grande uovo rivelò finalmente il proprio contenuto. L'occasione era ghiotta per colpire, ma la sorpresa fu tale che dall'altoparlante della chitarra di Gomez uscì solo un miagolio soffocato.

La superficie della plancia, sulla parete anteriore della struttura, lasciò scoperta una vasta piattaforma circolare. Su di essa si ergeva un tempietto neoclassico, circolare anch'esso, sormontato da una cupola su cui troneggiava un amorino beffardo. E sotto la cupola, circondato da quattro colonne tortili, sedeva Bachmann in persona, attorniato dalla gigantesca consolle del suo organo: cinque tastiere, due pedaliere, due intere colonne, alla sua destra e alla sua sinistra, dedicate ai registri.

Ciò che però sorprendeva di più era quanto si andava palesando dietro la piattaforma: una selva di canne metalliche; le più piccole, sottili come steli di palude, le più grandi, imponenti come tronchi d'albero. L'organo di Bachmann, spiegato intorno a lui come tre paia d'ali d'argento, si stendeva per almeno venti metri in verticale e forse in doppio sull'orizzontale. In tutta la sua potenza, il musicista criminale sembrava scomparire, di fronte a quel mostro così imponente.

«Allora, moscerino!» tuonò Bachmann con voce terribile, senza però che la maschera mutasse la sua espressione di uno iota «Osi sfidarmi? Ebbene, sia!»

Senza aggiungere altro, Bachmann compì un movimento appena percettibile, da quella distanza, ma che ebbe grandi conseguenze. L'aria intorno fu infatti pervasa da un ronzio basso e profondo e Gomez non faticò a comprenderne l'origine: era il mantice elettrico dell'organo.

La prontezza di riflessi fu decisiva. L'attacco di Bachmann partì con la *Toccata e Fuga in re minore* di Bach, riconoscibile dalla sua breve e netta successione di note, ma già al secondo passaggio l'organista era passato a tutt'altro brano, fondendo insieme il *pastiche* e l'improvvisazione. Se Gomez non si fosse immediatamente preparato al contrattacco, difficilmente ne sarebbe uscito vivo.

Ci volle tutta la sua perizia per affrontare l'assalto dell'organo. Al gorgheggiare delle scale di Bachmann, dovette opporre il proprio fingerpicking; alla potenza dei bassi dell'organo dovette ribattere la pienezza dei propri accordi; alla solennità di quei mille angeli d'argento dovette rispondere con il suono graffiante delle sue sei corde.

Bachmann restò stizzito da una simile resistenza. Decise allora di cambiare registro, letteralmente: mentre la sua mano sinistra continuava ad arpeggiare sui bassi, accompagnata dalle note lente e lugubri della pedaliera, con l'altra si sporse un poco verso la colonna di destra, afferrando uno dei tiranti: ecco allora che la tastiera inferiore passò sul registro delle trombe. Un altro tirante e la seconda passò al registro dei flauti; un altro ancora e la terza finì sul registro degli archi. A quel punto, soddisfatto, tornò con la destra al centro e impresse sulle tastiere tutta la forza della propria rabbia: ne uscì un accordo potente, trionfale, invincibile.

Ogni albero, ogni cespuglio, ogni filo d'erba davanti al grande uovo di Bachmann venne spazzato via dal vento impetuoso, dilaniato dalla potenza delle note, arso dal fuoco dell'armonia. Lo stesso blindato che aveva trasportato fin lì Gomez e i suoi assistenti venne accartocciato come fosse di cartapesta. I soldati urlarono, si dimenarono, furono scacciati via come formiche dalle dita infastidite di un Briareo d'aria e di fuoco. Per centinaia di metri avanti a lui, altro non restarono che terra brulla e cenere. E Gomez con la sua chitarra.

Il chitarrista, infatti, non aveva ceduto. Sentendo la tempesta arrivare, aveva afferrato ancor più saldamente il manico del suo strumento e aveva suonato con maggior frenesia. Là dove Bachmann infuocava le sue tastiere sulle note più acute, rispondeva con altrettanta frenesia in un fraseggio barocco. Là dove Bachmann scendeva nelle profondità oscure del basso e dei pedali, ecco che le sue dita passavano rapide sulle corde più cupe, mentre il pedale e il distorsore raddoppiavano il suono in una graffiante armonia. Ed ecco allora che, pur procedendo su binari paralleli a quelli del suo avversario, riusciva sempre a comporsi con lui, adeguando le proprie onde acustiche alle sue e annichilendone la minaccia: bassi con bassi, soprani con soprani, terze e quinte con terze e quinte. Bachmann si cimentava in un ardito passaggio armonico ed ecco che prontamente Gomez rispondeva con un virtuosismo da funambolo, vero acrobata delle corde.

Sarebbe esagerato affermare che Bachmann si preoccupasse o, peggio ancora, provasse orrore, nello scoprire che il suo avversario aveva resistito. Certo, tutti i suoi amici erano morti o perduti, ogni suo supporto finito, ma a dispetto di tutto era ancora là. Sì, sarebbe ingeneroso affermare che fosse preoccupato; ma è puro realismo sostenere che ne fu spiacevolmente sorpreso.

Non bisogna però credere che Gomez fosse messo meglio. Il suo ripararsi dietro le corde e i magneti della chitarra era stato simile al ripararsi dietro un ombrello di tela davanti all'incombere di un uragano caraibico. L'effetto finale era stato la sopravvivenza, ma il pericolo di soccombere nell'operazione era stato reale; e, soprattutto, ogni possibilità di offensiva era scemata del tutto: nota contro nota, era Bachmann che guidava il gioco.

Già affrontare l'orchestra era stata un'impresa. Contro Bachmann in persona, invece, semplicemente non sapeva quanto a lungo avrebbe potuto resistere.

Per qualche tempo, Bachmann ridusse la portata del suo attacco, limitandosi a tenere una linea melodica semplice, appena intervallata da accenni di contrappunto, affidandosi a una costruzione armonica basilare. Tanto bastava per tenere a bada il suo nemico, impedendogli di tentare azioni inconsulte. Doveva però elaborare una strategia di risposta e doveva farlo subito: ulteriori ritardi non erano tollerabili.

Se il contrappunto non aveva funzionato; se la mitraglia sugli acuti non aveva funzionato; se i registri mescolati non avevano funzionato; se la potenza non aveva funzionato; ebbene, se tutto questo non aveva funzionato, allora avrebbe fatto di più.

Interrompendo per qualche istante il lavoro sulle note più alte, insistette con quelle basse, tornando ai tiranti della colonna di destra. Modificò il registro degli oboi, aggiunse un'altra tastiera alle trombe e vi aggiunse una componente di corno. Si volse poi alla colonna di sinistra, interrompendo il lavoro sui bassi e riprendendolo sugli acuti, modificando echi, riverberi, armoniche: se quel chitarrista da un soldo poteva giocare con il suo altoparlante fracassone, lo avrebbe sconfitto con la potenza meccanica delle sue canne vibranti!

Gomez si rese conto che quel rallentamento nell'attacco altro non era che il preludio alla tempesta. Per un momento pensò che sarebbe stata l'occasione ideale per attaccare a sua volta, e già aveva cominciato un passaggio più elaborato sui bassi graffianti, ma poi interruppe ogni cosa: attaccare poteva infatti scatenare la reazione di Bachmann e dargli il destro per distruggerlo una volta per tutte. Interruppe così il fraseggio appena accennato e si mantenne su una linea semplice, limitandosi a preparare le difese: aumentò l'effetto del distorsore, concentrandolo sui bassi, schiarendo invece gli acuti. Avrebbe dovuto opporre potenza e versatilità, per resistere all'attacco.

L'attacco, volteggiante nell'aria ormai elettrica, non tardò a giungere. Per una lunga, lunghissima battuta, Bachmann quasi interruppe ogni attività musicale: si limitò ad alternare due note sui bassi, primo e sesto grado, accompagnate dai toni cavernosi della pedaliera. Poi, proprio nel momento in cui un ascoltatore meno attento meno se lo sarebbe aspettato, partì in un arpeggio furioso con entrambe le mani, aggiungendo una, due, tre, fino a quattro voci. Nel giro di poche battute, un semplice contrappunto si trasformò in una fuga maestosa, un vero trionfo dell'armonia, un canto di cento cori angelici uniti insieme che, invece di levarsi al cielo, lanciava la propria potenza travolgente sulla terra.

Come già prima, quella musica spazzò via ogni cosa. Ogni cosa che era rimasta, perlomeno. Ma Gomez era pronto e, di fronte a quella mitraglia di note acute e penetranti, rapide, solenni e lugubri come un *Dies irae*, rispose con un arpeggio cinetico: le sue dita si muovevano sulla tastiera della chitarra come quelle di un linotipista impazzito, saltando ora sul secondo, ora sul terzo, ora sul quinto grado. A ogni nota di Bachmann ne opponeva una propria, raddoppiando la velocità d'esecuzione là dove non poteva raddoppiarne il numero.

Bachmann, ovviamente, non si diede per vinto. Non riuscendo ad aver ragione del suo nemico nemmeno con una fuga a quattro voci, puntò sull'armonia. Abbandonò i dettami dell'accademia, la quarta, la quinta e l'ottava, aggiungendo di volta in volta una variazione all'accordo: ed ecco un do quarta, un do settima, una settima maggiorata, un passaggio al la minore; ecco una sensibile, una terza piccarda, una terza minore e poi di nuovo una terza maggiore. In un vortice armonico e ritmico, la musica volteggiava come un uragano possente eppure imprevedibile, cambiando ora la tonalità, ora il tempo, ora il ritmo: d'un tratto si faceva docile e scherzosa, quasi come un gattino, e subito ruggiva come una tigre.

Ma ecco che, di fronte a quell'assalto più jazzistico che barocco, Gomez sapeva piegarsi come un albero nella tempesta e assecondare con le proprie corde la potenza delle canne di Bachmann: anch'egli aveva abbandonato ogni regola dell'accademia, che del resto non avrebbe saputo enunciare, ma seguiva in ogni svolta la linea del suo avversario, rincorrendolo su un binario parallelo che solo di tratto in tratto gli si discostava. Le onde acustiche che Bachmann lanciava indomito contro di lui si frangevano senza speranza contro lo scudo sonoro che Gomez frapponeva, risultandone depotenziate e annichilite. Bassi con i bassi e acuti con gli acuti, tanto dall'organo, quanto dalla chitarra: e sembrava ascoltare lo stridere del vento tra le sartie di un veliero nella tempesta al largo dell'Antartide.

Bachmann cominciava a essere seriamente preoccupato. Per quanto ricorresse a ogni trucco della professione, non riusciva ad avere ragione di quel moscerino. La possanza del suo organo era compensata dall'agilità della chitarra; il contrappunto e l'armonia trovavano affronto dal timbro oscuro del distorsore; i registri combattevano e perdevano contro gli effetti del pedale. Ogni onda era distrutta e ogni volta la palla ritornava al centro. Che altro poteva fare, per avere ragione di quella pulce ormai ben più che fastidiosa?

In preda alla collera, suonava pestando i tasti con sempre maggior forza, sferzando le tastiere con mani di frusta. In preda all'ira, raddoppiò la velocità di esecuzione, seguendo una linea che nemmeno vedeva più; ingarbugliata come il nodo di Gordio, intricata come la selva dei suicidi. Le mani saltavano da un'ottava all'altra, da una tastiera all'altra, e così i piedi. La foga di Bachmann era tale che nessuno, nemmeno una reincarnazione di Mozart, avrebbe potuto resistergli.

E infatti nemmeno Gomez poteva resistere. A ogni frustata dell'organo, il chitarrista rispondeva con energia sulle sue corde, ma sempre più capiva in sé che lo sforzo lo stava distruggendo. Poteva suonare fino a due linee in contrappunto, sfruttando il tocco rapido e leggero delle proprie dita da borseggiatore mancato, ma non poteva arricchirle con una terza voce o un'aggiunta armonica. Di fronte a quell'assalto, temeva sempre più che avrebbe dovuto gettare la spugna e arrendersi, sopraffatto dalla statura possente di

Bachmann; quando d'un tratto, nel momento in cui meno l'aspettava, volò su lui dal cielo la salvezza.

Bachmann sbagliò una nota.

L'errore fu tale che, per un brevissimo istante, né l'uno né l'altro dei contendenti riuscirono a proseguire. Dopo una successione elettrica di note e di armonie, solo il venticello del Nebraska rimase a salvare la scena dal silenzio totale. Bachmann guardò incredulo la sua tastiera e Gomez guardò incredulo Bachmann. Entrambi però non tardarono a riprendersi e subito ciascuno cercò di approfittare di quel silenzio per ottenere un vantaggio decisivo nel duello. Per nuove battute le note ripresero a fluire estenuanti dalle canne di metallo e dalla membrana elettrica dell'altoparlante, fino a quando, però, non successe di nuovo.

Bachmann sbagliò una seconda nota.

Questa volta, tuttavia, non si scompose e riprese a suonare con ancor più vigore di prima. Gomez gli stava dietro con la sua chitarra, ma ecco che la foga e la rabbia tradirono Bachmann per una terza volta. E poi per una quarta, quando tentò di rabberciare il danno: mi, fa e fa diesis suonarono contemporaneamente in un gemebondo lamento, stridenti di sofferenza e di dolore. La maschera immutabile di Bachmann non poteva renderne conto, ma, sotto quella maschera, sudava copiosamente.

Le sue mani erano ormai fuori controllo. Tremavano, fuggendo incerte da un'ottava all'altra, producendosi più in errori e in disarmonie che in potenza e bellezza: sembrava che lo spirito di Schönberg si fosse impadronito di quel corpo, scacciandone Scarlatti. L'organo gemeva, stridendo, al punto che ogni intervento di Gomez non era ormai più necessario. Lo stesso chitarrista se ne rese conto e, dopo un ultimo affondo, riposò finalmente le mani esauste e le dita ormai insensibili: Bachmann stava facendo tutto da solo.

Tormentando le tastiere in una successione di anarmonie e di contrasti stridenti, stava sovraccaricando anche il compressore. Il fumo usciva da ogni orifizio della grande struttura, visibile ad innalzarsi in ampie volute, e già le scintille elettriche laceravano l'aria come fulmini di distruzione. Ma Bachmann, ormai alienato da ogni realtà, era insensibile a tutto questo, accecato dal cupio dissolvi, contentandosi di portare con sé anche il suo nemico.

Il fumo e l'elettricità crebbero via via che la melodia si faceva più incerta e più stridente, incapace ormai di soddisfare anche le basi stesse dell'armonia. L'intera piattaforma dell'organo era avvolta da una nube sulfurea e anche la struttura candida del grande uovo cominciava a confondersi. Gomez era del tutto ignaro delle sottigliezze tecniche, ma non gli ci volle molto per capire, a spanne, ciò che stava succedendo: le anarmonie in cui Bachmann sembrava essersi perduto stavano distruggendo il compressore.

Se i dettagli tecnici gli erano oscuri, le conseguenze non potevano che essere chiare. E allora, gettando a terra la tracolla della chitarra, si volse e se la diede a gambe più velocemente che poté.

Quella fuga non fu un eccesso di prudenza. Corse finché ebbe fiato e solo quando si sentì sicuro, esausto, osò voltarsi indietro e correre il rischio di tramutarsi in sale. Mai avrebbe dimenticato ciò che vide.

L'intera struttura era avvolta nel fumo e nelle fiamme elettriche, al suono stridente di acuti dissonanti. D'un tratto, all'improvviso, i suoni alti e difformi si trasformarono in un unico grido straziante, accompagnato da un registro tenorile possente e da bassi lugubri e rombanti come un fuoco d'artiglieria. Insieme a quell'esplosione di note, una vampa di fuoco si levò dalla grande struttura metallica, eruttando in cielo un vomito cupo di fiamme e di fumo, salendo alle nubi come un pugno di sfida, come una torre antica di Babele. Gomez restò affascinato e inorridito insieme a guardare lo spettacolo, incurante delle zaffate di gomma e petrolio che bruciavano, incurante del vento rovente che lo investì d'un tratto. Rimase a guardare la colonna che si levava solenne sulle sue ultime note, alte di sfida.

Ma poi anche quella sfida finì. La colonna, esaurita la propria spinta propulsiva, si abbatté su sé stessa, accasciandosi come un Ercole stanco, come un Aiace esausto per il troppo uccidere. Gli acuti che avevano accompagnato l'esplosione si spensero uno ad uno, seguiti dai contralti e dai tenori. Rimasero solo i bassi, languenti, simili a tuoni su un cimitero lontano. Anche questi morirono via via, in un piano che si faceva pianissimo, per chiudersi infine in un accordo leggero.

INDICE